不時輕聲地以俄語遮羞的鄰座艾莉同學

Иногда Аля внезапно кокетничает по-русски

2

Kadokawa
Fantastic Novels

「哎，到了這個地步，
我可不能不拿出幹勁喔。」
久世政近
其實聽得懂俄羅斯語，
個性基本上不正經的前國中部學生會副會長。
為了支援艾莉莎的夢想，
再度以副會長候選人的身分加入選戰。

谷山沙也加
國中部時代曾和有希爭奪
學生會長寶座，現在是風紀委員。
在高中部沒加入學生會，
原本以為她放棄參選……
「我對妳已經沒興趣了。」
君嶋綾乃
平常總是沉默寡言面無表情，有希的隨從。
向主人獻上無比敬愛與絕對忠誠的
忠義之士。正因如此，所以似乎
對於現在的政近有話想說……
「一切都遵照有希大人的意向。」

「我啊，
不想和艾莉競爭——」

「等一下……
你在看哪裡啊？」

目錄

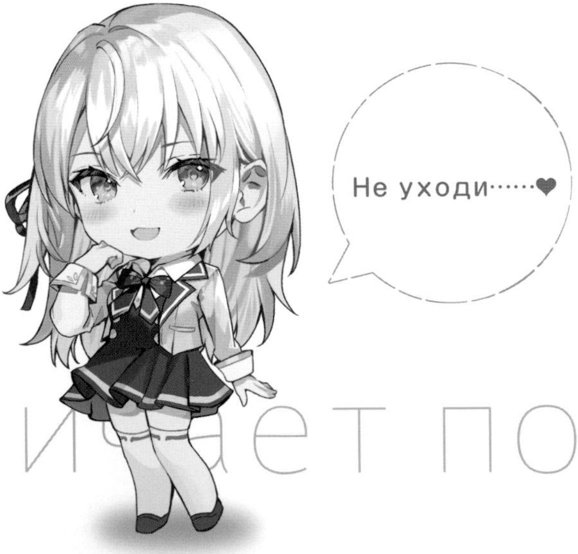

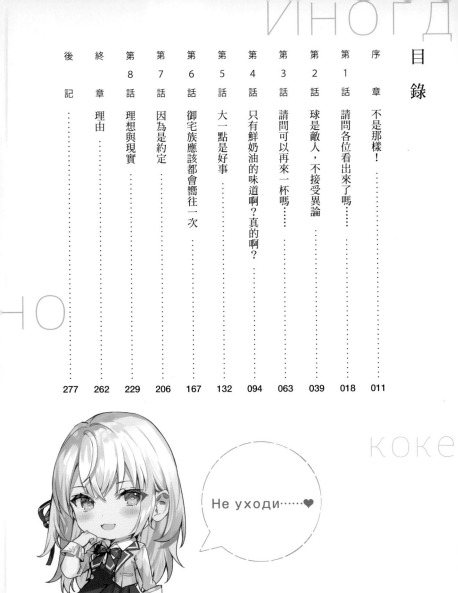

不時輕聲地以俄語遮羞的鄰座艾莉同學 2

燦燦SUN
插畫 ももこ
story by sun sun sun
illustration by momoco

Иногда Аля внезапно кокетничает по-русски

Kadokawa Fantastic Novels

序章 不是那樣！

某棟公寓的某戶。整體洋溢放鬆氣息的這個房間裡，一名表情百變的少女躺在床上。

「為什麼……不，可是……」

少女輕聲自言自語，浮現在美貌的表情忙碌變化。她是這個房間的主人——艾莉莎．米哈伊羅夫納．九条。

艾莉莎只脫掉外套，也不在乎襯衫壓出皺痕，就這麼穿著制服在床上翻來覆去。平常的她不會這麼粗枝大葉，不過這就代表現在的她顧不得這麼多。

她正在回憶短短三十分鐘前發生的事。從學校回家的路上，看向她的那對真摯眼神，伸向她的那隻手。對此……自己輕聲說出的話語。

「喜歡？我說了喜歡？咦？咦咦？」

那是幾乎下意識脫口而出的話語。在內心深處湧現的強烈情感波浪驅使之下，回過神來她就已經輕聲說出那句話。

「喜歡？喜歡久世同學？我……我……～～～！」

像是確認般地重新自問自答，隨即滿臉通紅撲向枕頭。

「不對！不～～是～～啦～～～！」

就這麼將臉壓在枕頭上，像是反射動作般地喊出否定的話語。

（喜歡？我喜歡他？喜歡久世同學？沒有！不可能有這種事！）

絕對不會喜歡上那種沒幹勁的人。確實，自己之前也以俄語說過類似的話語。不過那始終是在捉弄政近。對方明明總是裝出技高一籌的表情老神在在，卻完全沒察覺自己透露的好感，只是因為這種滑稽的模樣很好笑，才會隨口說出那種話。

（……真的嗎？）

腦袋深處響起的這個疑問，艾莉莎強行捏爛。

「是真的。我不是喜歡久世同學。那是……稍微被當時的氣氛影響罷了。只是這樣！」

艾莉莎如此斷言，硬是讓自己接受這個說法，然後猛然起身走向衣櫃。

（假設……對，退一百步來說，不，退一萬步來說，即使我喜歡久世同學……現在也有比這更重要的事情要做。）

艾莉莎在換衣服的時候重新確認，什麼事情對於現在的自己來說最為重要。

無須思考。就是要成為學生會長。

為了愛情而神魂顛倒，疏於朝著這個目標努力，是不被允許的行為。

這麼做只會背叛了表態願意扶持她這個夢想的政近。

（沒錯……得到久世同學協助的現在，我該做的是要回應他的期待吧？假設我扔下選舉活動向他表白……他會怎麼想？）

自問自答的艾莉莎腦海浮現政近的身影。

『咦？喜歡我？……不，對不起。我並不是以這種心態說要「扶持妳」……而且妳原來一直是這樣看我的？這……不太行。我想，幫妳競選會長的那件事，還是當我沒說吧……』

政近的幻影像是完全不敢領教般地說出這種話。

「嗚，呃……」

艾莉莎被自己想像的光景重創，身體搖晃踉蹌。

她蹣跚走回床邊，無力倒在棉被上。

就這麼放空一陣子之後，她柳眉倒豎，頻頻拍打棉被。

「我也！沒有！喜歡！你這種人！」

像是要灌注話語般地將手往下揮，大口喘氣。

（而且反正以他的個性，等到明天去學校，肯定又會表現出一副懶散的態度惹得我不耐煩。）

本小姐明明都對他做過「那種事」了。

「！」

艾莉莎想到這裡再度莫名火大，從床邊站起來之後，有點粗魯地關上衣櫃。同時聽到玄關響起關門聲，艾莉莎按住激動發燙的臉頰端正表情，前去迎接。

「歡迎回來，瑪夏。」

「我回來了，艾莉。」

「？」

瑪利亞一如往常露出軟綿綿的笑容，以空著的手將艾莉莎摟過來親吻兩側臉頰。不過她的動作有點草率，一副心不在焉的樣子。

「瑪夏……發生了什麼事？」

「咦……怎麼了嗎？」

「還問我怎麼了……」

艾莉莎雖然問出口，卻沒能好好說明而語塞。

對於這樣的艾莉莎，瑪利亞依然以隱約不同於以往的視線注視，但她忽然露出開朗的笑容，從手上的塑膠袋取出布偶。

「對對對，發生事情了！其實啊……我經歷了一場美妙無比的邂逅！」

「咦？」

艾莉莎被突如其來的欣喜聲音嚇一跳，接著一隻貓咪布偶猛然遞到她眼前。

「噹噹～～！是艾莉喵！」

「艾……艾莉喵……？咦？」

「妳看妳看！是不是很像妳？」

「……哪裡像？」

艾莉莎退後一步審視這隻布偶，不由得正經反問。

「咦咦～～？像是眼神啊？」

「布偶哪有什麼眼神……」

「有啦～～來，好好看清楚吧？」

「啊啊，好啦好啦我知道了……總之別取這個名字。」

「咦咦～～？」

「聽起像是在叫我，我會不自在。」

「唔唔～～不然……叫做『艾喵』就可以嗎？」

「哎，這就可以……」

「耶～～那我們一起去家裡吧～～？艾喵～？」

瑪利亞愉快露出笑開懷的表情將布偶抱在懷裡，前往她如夢幻國度般的臥室。

艾莉莎以傻眼表情目送背影時，瑪利亞忽然停下腳步，轉頭向她開口：

「對了對了，艾莉，關於久世學弟……」

「……什麼事？」

忽然提到直到剛才都在腦中的人物名字，艾莉莎頓時提高警覺。不知道是否看出艾莉莎的戒心，瑪利亞以開朗的聲音說下去：

「沒事，我覺得他是個好孩子，也可以理解妳會喜歡上他耶～～」

「就說了，並沒有喜歡。」

「真的嗎～～？」

「少煩。」

艾莉莎像是要隱藏內心的慌張，硬是發出傻眼的聲音。緊接著，瑪利亞隔著肩頭看過來的視線令她倒抽一口氣。

因為和至今的開朗聲音相反……瑪利亞的雙眼隱藏著嚇人的嚴肅感。

不過，這雙眼神立刻被一如往常的笑咪咪表情掩飾。

室。

「嗯嗯，這樣啊～～」

「咦？」

「原來如此耶～～不坦率的艾莉也好可愛。」

「呃……啊？」

「不過既然喜歡，早點告訴他比較好哦～～？等到被別人搶走就來不及了。」

「妳……妳在說什麼啊！」

「嘻嘻，真是青春耶～～」

瑪利亞無視於艾莉莎的話語，擅自理解又恣意說完感想之後進入臥室。

「真是的，這是怎樣啊……」

對於姊姊一如往常我行我素的舉動，艾莉莎露出無奈表情，決定不再在意而回到臥室。

不過，即使要求自己別在意……

「……」

瑪利亞隔著肩頭露出的那雙認真眼神，依然暫時縈繞在艾莉莎腦中。

第1話 請問各位看出來了嗎……

「啊啊～～真的不對啦～～」

一名男學生獨自走在夜路上輕聲自言自語。他不是可疑人物，是剛才送艾莉莎回家，如今大好評返家中的久世政近。

「『我會在妳身旁扶持妳』是怎樣？『什麼都不用說，握住這雙手』又是怎樣？到底以為自己是誰啊，去死吧人渣。啊啊～～我真是噁心滑稽又丟臉！不對，說到噁心，現在像這樣嘀咕的自己才是最噁心的……」

從他口中吐露出來的情緒，是強烈的後悔與自我厭惡。

不久之前，政近難得向艾莉莎展現男子氣概，現在卻受到反作用力而嚴重消沉。自己對艾莉莎說過的話語在腦海迴盪，害羞與後悔令他好想死。不只如此……

「艾莉……她當時完全是在說『喜歡』吧……」

剛才在林蔭步道，艾莉莎露出花朵綻放般的笑容。

清楚回想起道別時碰觸臉頰的柔軟觸感，政近覺得極度靜不下心。政近至今認為艾莉莎不時以俄語展現的嬌羞只是一種遊戲。應該是以捉弄的心態透露好感，享受著或許會穿幫的刺激感以及政近沒察覺時的滑稽模樣。

不過，剛才艾莉莎展現的好感明顯跳脫這個範疇……那該不會是她的真心吧……

「不，沒這種事。」

差點浮現的這個推測，政近立刻自行否定。

（艾莉和我一樣，只是不知為何心情高漲罷了。現在她應該也回復理智，被害羞與後悔的心情襲擊吧？嗯，這麼想就覺得是這樣沒錯。）

不過，即使這樣說服自己，艾莉莎展現的好感也確實令政近心跳加速……

「我還以為……自己再也無法談戀愛了……」

實際上，自從那個女生不在之後，政近不曾喜歡上任何人。看見女生會覺得「好可愛」或是「好漂亮」，也和這個年紀的男生一樣會想入非非，卻不曾以異性的角度覺得「喜歡」或是心跳加速。

（說起來，我不認為有人願意喜歡我這種人渣。）

政近原本就討厭自己。連久世政近自己都不喜歡自己，怎麼可能有別人願意喜歡這個人？政近很難想像這種事。何況政近不相信「戀愛」這種情感。

他認為愛情大多是一時意亂情迷，只要有一點契機就會立刻降溫。

尤其……關於自己的戀愛情感，政近完全不信任。

（我連那個女生的名字與長相都記不得……不可能真心喜歡上任何人吧？）

學生之間的戀愛終究像是遊戲。在現實世界裡，從學生時代開始交往的情侶，鮮少就這麼步上紅毯。

這種事只在創作的世界常見。實際上，學生情侶是基於小事就交往或分手的不穩定關係。

假設艾莉莎的好感出自真心，要是近距離認識久世政近這個滿是缺點的人，這份情感肯定會立刻消失。

（而且……即使從學生時代交往到最後步上紅毯，還是可能會離婚。）

政近在腦中想起自己的父母，露出嘲諷的笑容，隨即深深嘆了口氣。

「……好麻煩。」

這種話語自然脫口而出。

居然為了戀愛……為了這種不確定又模糊的情感煩惱，簡直像是笨蛋。他打從心底嫌煩。

說起來，政近並不是想交女友，也不是被艾莉莎明確表白，那為什麼非得絮絮叨叨思考這種事不可？

（唉……只要我抱持這種想法，我一輩子都交不到女友吧。）

這麼想就不知為何覺得自己是一個超級大怪胎，心情再度鬱悶。像這樣心情鬱悶的時候，就看個動畫宣洩一下吧。如此心想的政近朝家門加快腳步。

就這樣，滿心想逃進二次元的政近打開家門……發現不可能存在的一雙鞋子而僵住。

「那傢伙……原來不是有事要忙嗎……」

政近不禁脫口抱怨，接著改變想法認為「不對，這沒什麼好奇怪的」。既然今天的事件是為了讓政近加入學生會而設計的，有希當然有參與這項計畫。甚至可能是主導者。

「所以我就這麼中計……應該說被硬拉著走是吧。」

政近一邊嘆氣，一邊拉開盥洗室的門。此時……

「咦……？」

「啊……？」

四目相對了。和正在拿浴巾擦頭髮的全裸有希四目相對。有希一臉錯愕睜大雙眼，迅速以浴巾遮住正面身體，然後……

「呀啊——！哥哥是色狼！」

「妳這傢伙是抓準時間出來的吧？」

「被發現了嗎？」

「當然會發現。妳大概是聽到我關上大門的聲音就出來吧？」

政近給了一個白眼如此指摘，有希立刻收起尖叫咧嘴一笑。看見妹妹毫不愧疚的模樣，政近傻眼說著：「妳也太拚命了。」準備離開盥洗室。

「喂喂喂，等一下。不好奇我為什麼做出這種事嗎？」

「好奇是好奇，但總之先穿衣服吧。」

「別這樣，聽我解釋吧，政近兄。我剛才察覺了一件天大的事情。」

「……天大的事情？」

反正不會是什麼大事……即使這麼想，政近還是將手放在門上，就這麼背對著有希反問。對於這樣的政近，有希「哼」地冷冷一笑，右手遮住單邊眼睛。

彷彿是得知事件真相的名偵探，非常裝模作樣的舉動。

從掀開的浴巾看得見各種敏感部位，所以這一幕挺詭異的。不過有希不在意這種事，將遮住半邊的眼睛赫然睜大並且大喊：

「沒錯……我察覺到我們住在同一個屋簷下這麼久了，撞見更衣場面的事件卻還沒經歷過！」

「比我料想的還更無關緊要！」

「全天下的哥哥都會遭遇妹妹更衣的場面嗎？會遭遇這個場面嗎？」

「那是二次元的狀況！妳這個阿宅腦！」

「哥哥沒資格這麼說我！」

「可惡！今天的我特別容易被這句話刺傷！」

短短數小時前，政近才對美女學姊冒出「啊！這是間接接吻事件？」的想法，有希這句話簡直是對他的傷口灑鬼椒。

政近不禁用力抓住胸口發出「唔咕」的呻吟，有希無視於他，朝著另一個方向擺出撩人的姿勢。

「所以，接下來是養眼畫面。死相啦～～」

「妳在朝哪裡說話？」

「啊？笨蛋看不見的鏡頭。」

「只拍裸體的鏡頭嗎？別鬧了！應該是只有阿宅腦看得見的鏡頭吧！」

「那你不就看得見了？」

「是啊，我看得見。看得一清二楚。耶～～」

政近學有希朝著毫不相干的方向擺出勝利手勢。這對兄妹客觀來看相當糟糕。

「嗯，拍到很詭異的畫面了！」

「都是妳害的！」

有希露出正經八百的表情頻頻點頭，政近立刻吐槽。接著，有希收起莫名裝模作樣的態度咧嘴一笑。

「總之玩笑先放在一旁，哥哥今天等於是被擺了一道，所以我想藉此盡量表達歉意。」

「不准用全裸道歉。」

「喔喔這位小哥，只是讓你說幾句話，怎麼就跩起來啦？我早就知道你已經從頭到腳仔細看個爽了，對吧？」

「有希……事到如今，我只說一件事。」

「喔，怎麼啦，老哥？瞧你表情正經到不必要的程度。」

「脫光光……我反而無感。若隱若現才是正義。」

「……原來如此？這是盲點。」

兄妹倆不知為何以認真表情相互溝通。這對兄妹直覺彼此之間閃過一道電光。

然後，政近嘴角露出滿意的笑容，緩緩離開更衣間——

「喂，給我站住。我可不會被打發啊？你看見了吧？從頭到腳看得清清楚楚吧？」

「……我只有看胸部的範圍。」

「承認了是吧！你這個奶子星人！」

「吵死了，妳這痴女。」

「要叫我『處女bitch』！」

「這是哪門子的堅持啊！話說妳這豬頭該穿衣服了吧！」

政近一喊完就用力關門前往客廳，他不得已改在廚房洗手漱口，然後迅速回到自己房間。

「唉……」

總覺得剛才猶豫煩惱的行徑很蠢，政近嘆口氣將書包扔在地上，將上半身制服脫到剩下汗衫，然後脫長褲——

「就是現在！」

「唔喔喔！」

——的這一瞬間，頭髮還沒吹乾而且只穿著內褲與上衣的有希，照例踹開房門入侵。

政近嚇一跳失去平衡，就這麼被長褲纏住腳踝倒在床上。有希以視線打量這樣的政近，露出下流的笑容。

「嘿嘿嘿，哥哥你的體格很不錯嘛。」

「嚇我一跳！妳突然做什麼啊！」

「沒有啦，想說也趁著這個機會經歷一下妹妹偷看哥哥換衣服的事件。」

「看哥哥只穿內衣褲的模樣有什麼樂趣？」

「唔～～與其說是樂趣……」

有希說著看向政近的下半身，接著露出不敢領教的表情。

「真的假的……這傢伙看見妹妹的全裸毫無反應耶？是不是哪裡有病啊？」

「就是因為沒病才不會反應喔。看見妹妹裸體會興奮的哥哥不太妙吧？」

「但是我看見哥哥的裸體會興奮喔！」

「嗯，剛才那句話我當成沒聽到吧。」

「但是我看見哥哥的裸體會興奮喔！會興奮喔！」

「不准重複！不准強調！」

「沒有啦，想到那位強壯的會長讓這具身體遭遇何種下場，我就……」

「居然是這種興奮？妳什麼時候連腐女屬性都獲得了？」

迅速重新穿好長褲的政近如此吐槽，有希隱約露出哀戚笑容，忽然看向遠方。

「剛開始我覺得不行，但我認為沒實際看過就否定也不太對，看過之後覺得還不錯。」

「完全沉迷到無法自拔了吧？話說，我記得妳房間沒放那一類的書啊？」

久世家這裡姑且有一間有希的房間。只不過除了床就只有阿宅物品，完全是嗜好專用房。

政近也會從那裡借漫畫或輕小說，所以完美掌握收藏的內容。而且就他所知，應該完全沒有那方面的書籍才對。

對於疑惑的政近，有希一副想當然耳般地點點頭。

「那當然。因為我放在爸爸的書房。」

「慢著，妳說真的？」

「話說在前面，我有得到許可哦？爸爸說：『沒地方放的話可以放在書房書櫃的空位。』」

「就算這麼說，爸也沒想到妳居然會放肌肉碰撞的那種書吧！」

「可是爸爸說過：『唉，畢竟嗜好因人而異……』這種話啊？」

「爸，這樣沒問題嗎？你的女兒腐了耶？」

「看到爸爸說話時的疲憊笑容與稀疏髮線，我心想：『啊啊，看來我為爸爸添麻煩了。』有點感傷。」

「妳這察覺跟狗屎一樣沒用。然後，髮線的事情別對爸說啊，他本人好像很在意。」

聽完政近這麼說，有希哈哈大笑走出房間，拿著吹風機與梳子回來。她一邊仔細吹乾長長的頭髮，一邊以不輸給吹風機的音量對政近說話。

「話說阿哥啊～～」

「什麼事？」

「你和會長與瑪夏學姊談過之後，決定要加入學生會了嗎？」

「……啊啊，關於這件事………」

「嗯～～？」

政近因為尷尬而降低音量，有希關掉吹風機抬起頭。政近正面看著仰望這裡的妹妹臉蛋，下定決心開口：

「我決定協助艾莉當選學生會長。」

「……」

聽到政近的告白，有希睜大雙眼僵住了。

不過這也在所難免。協助艾莉莎成為學生會長，等於和同樣想成為學生會長的有希敵對。客觀來看，難免被說是背叛行為。

「哥——」

「哥？」

至少會被說幾句不滿或怨恨的話語吧。政近做好這種心理準備，有希卻突然當著他的面撲到床上，將臉埋進枕頭大喊：

「哥哥被艾莉睡走了啦——！」

「不對，我沒被睡走。」

政近冷靜吐槽，有希迅速抬起頭，猛然以雙手抓著自己的胸部往上抬。

「可惡，你這個奶子星人！意思是我的C罩杯沒辦法滿足你嗎？居然這麼輕易被艾莉的E罩杯（推定）騙走！」

「不准拿罩杯這種真實數據做比較！」

「冷靜啊Brassiere（胸罩）！更正，Brother（老哥）！能摸的C罩杯肯定比不能摸的E罩杯好得多啊！」

「兩者都不能摸吧！」

「還是說怎樣？還要加上綾乃的D罩杯嗎？你這悶騷色狼想把兩人擺在一起開後宮嗎？」

「妳這混蛋，小心我真的摸下去喔。」

「好啊放馬過來吧——！請對我溫柔一點～～！」

「為什麼這麼躍躍欲試？」

聽到政近強烈吐槽，跪在床上作勢接受挑戰的有希，突然以雙手抱住自己扭動身體。

「咦咦～～？怎麼辦～～？要奪走妹妹的初摸奶嗎～～？」

「不准說什麼摸奶。話說妳那種像是男高中生的煩人興致是怎樣？」

「開玩笑的啦。畢竟我的初摸奶，在小學時期就已經被葛格奪走了☆」

「我不記得這種事！」

話一說完，有希煩人的奸笑表情頓時變成「咦？」的吃驚表情，政近見狀也心想「咦？真的嗎？」慌張起來。

「哥哥……你忘了嗎？那是在我小學二年級的時候……」

「咦……咦？」

「玩抓鬼遊戲的時候，我們撞個正著……你的臉撲進我的大腿中間，手緊緊捏住我的右邊胸部！」

「我不記得發生過這麼神奇的事件！不准偽造這麼重口味的幸運色狼事件！話說！小學二年級的時候，妳氣喘嚴重到幾乎沒辦法外出吧！」

「不過現在是這～～麼健康的優良寶寶！國中至今連感冒都沒得過！」

有希跪在床上得意挺胸，政近露出憔悴表情。

「反倒是可以再安分一點吧？」

「有吧！在家裡與學校都很安分！」

「……總覺得很抱歉。」

「不准道歉！寵我一下吧！」

有希喊完之後，以鼻子噴氣地朝政近遞出吹風機與梳子。政近正確理解她的意圖，掛著苦笑走到床邊，從她手中接過吹風機與梳子。

「嘿嘿，那就拜託了～～」

接著，有希掛著開心表情愉快在床上移動，背對著政近坐下。

「……我技術沒那麼好喔。」

政近預告之後啟動吹風機，仔細梳理有希長長的黑髮。

就這麼持續了一小段無言的時間，不過政近將吹風機切換為冷風的時候，有希忽然開口：

「原來如此……哥哥決定和艾莉一起參選了。」

「是啊……對不起。」

「嗯～～？這不是需要道歉的事情啊？兄妹對決是王道，很熱血吧？」

「哈哈哈……」

有希到這個時候還是以阿宅的邏輯思考，政近不禁苦笑。

「……話說在前面以防萬一，並不是因為我討厭妳哦？」

「我知道啊～～？因為哥哥很～～喜歡我吧～～？」

「……算是吧。」

「嘿嘿，哥哥嬌了。」

「少煩。」

有希忍不住咯咯笑，像是難為情般地晃動身體，接著在笑完之後輕輕甩頭，迅速起身。

「嗯，沒問題了。」

「是嗎？」

「嗯，謝謝。」

然後她從政近那裡接過吹風機與梳子，下床走向房門。

「那麼，今後我們就是競爭對手……啊，對了對了。」

「嗯？」

「我是方便使喚的女生，不會在意你稍微花心，所以你玩膩艾莉的話，隨時可以移情別戀來找我我哦？」

「慢著，不准說什麼花心。我不會做那種事。」

「呵，明明最後還是會回到我身邊……」

「妳是什麼堅貞的好女人嗎？」

「咿嘻嘻。那我走了，掰喵～～」

有希聽完哥哥的吐槽哈哈大笑，開闔手掌道別之後離開房間。然後……在關門的時候，以哥哥聽不到的音量低語：

「這樣啊……哥哥找到可以激發幹勁的對象了。」

她轉過身來，朝門後的哥哥輕聲開口：

「太好了，哥哥。」

她的眼睛充滿溫柔的慈愛，聲音蘊含無限的愛情。

有希就這麼暫時以溫柔的視線看向門後的哥哥，然後一個轉身走向自己的房間。

「啊～～啊，我就不行嗎～～」

自嘲般低語的有希打開自己房間的門，在關門的同時背靠門板。

有希倚靠在房門低著頭，好一陣子維持這個姿勢，最後猛然抬頭。

「哎，不過……」

此時她的臉上已經完全沒留下慈愛或自嘲，只蘊含著嚴肅到嚇人的神情。

「我不會輸的。」

如此斷言的有希表情，充滿令人倒抽一口氣的氣魄……說來驚人，和拿出真本事時的政近一模一樣。

◇

「唔……」

隔天早上，被鬧鐘鈴聲叫醒的政近，在床上緩慢移動，按掉鬧鐘。

「嗯……」

慢吞吞坐起上半身，拉開窗簾，耀眼的朝陽令他瞇細雙眼。

然後他忽然察覺，以往肯定會來叫他起床的吵鬧妹妹沒出現。

「……」

回想起來，有希的樣子從昨晚就不太對勁。

昨天是有希愛看的深夜動畫播映日。以往照例都是兩人一起看完動畫之後熱烈分享感想。但是昨晚的有希看完動畫正篇之後，簡單說完感想就早早上床睡覺了。

「呼……」

哥哥的背叛果然造成不小的打擊吧。雖然嘴上說得像是不在意，但是內心或許還是受傷了。

這個想法浮現腦海，政近露出厭惡表情將頭髮抓得一團亂。

在他這麼做的時候，有希也沒有現身的徵兆。不只如此，房外甚至沒有半點聲音。是因為和哥哥見面會尷尬所以先出門了嗎？還是……雖然很難這麼認為，不過或許是昨晚遲遲無法入睡，現在還在睡……

「唉……」

腦中浮現有希在床上哭紅雙眼的模樣，即使覺得那個妹妹不是這種個性而苦笑，胸口依然竄過一陣刺痛。

看來必須想辦法彌補她一下。如此心想的政近下床了。在這一瞬間……

「唔哈呃咦？」

腳踝突然被抓住，政近像是翻筋斗般地往前撲。

他驚慌在房裡往前衝，手撐在牆邊之後，按著心臟狂跳的胸口轉過身來，隨即看見有希在床下伸出一隻手，臉上掛著笑嘻嘻的表情。

「呼哈哈哈哈！以為是以嚴肅橋段做結嗎？真可惜啊！我是說到做到的女人！」

「可惡，妳這……！」

有希誇耀勝利的笑聲，使得政近想起有希前幾天所說「那我下次就鑽進床底，在你下床的瞬間抓你的腳吧？」這段話。

同時，他也察覺有希昨晚早早就寢是為了布這個局，整張臉不禁因為憤怒與羞恥而通紅。

直到剛才都以為「我傷了她的心嗎……」所以反作用力更大。自己想的果然沒錯。以這個妹妹的個性，不會因為那種程度的事情就沮喪。

「呼哈哈哈！哈～～哈哈哈…………哈……」

此時，有希誇耀勝利的笑聲突然降低音調，從床底伸出的手脫力落地。

有希無力動著這隻手，露出有點卑微的笑容。

「拉我一把。」

「啊？」

「我出不來了啦，別讓我明說啦，好丟臉。」

看來她躲在床底存放衣服跟舊課本之類的紙箱與床鋪之間。雖然成功將身體塞進狹小的縫隙，卻因為塞得太剛好所以出不來。有希輕輕晃動伸直的右手，露出像是在說

「嘿嘿，這下子傷腦筋了」的笑容。

對此，政近揚起嘴角向她露出非常爽朗的笑容……然後緩緩抓起床上的毛毯，朝著有希的臉蛋按下去。

「唔嘎——！幹什麼啦——！」

「妳這傢伙！我要把妳活埋！把妳活埋！可惡可惡！」

「嗚呀啊啊啊！是男生的臭味！我要懷孕了！」

「怎麼可能！妳是被奶媽胡亂灌輸性教育的深閨大小姐嗎？」

「我本來就是深閨大小姐啊，怎麼了嗎？」

「這樣啊，那我就把妳關進去吧，關進床底深處！」

「唔呀啊啊啊！住手啊啊啊——！」

這裡沒有絲毫的尷尬或心結。

兄妹倆的攻防，一直持續到接送有希的車輛抵達。

Иногда Аля внезапно кокетничает по-русски

第2話 球是敵人，不接受異論

「早安～～」

「嗨。」

「昨天的連續劇啊～～」

「啊啊～～那集很棒對吧？」

在同學們熱鬧聊天聲此起彼落的教室裡，艾莉莎一如往常打開課本，忙著預習課程內容。

不過，她的視線從剛才就不斷在同一個地方往返，注意看即可知道她明顯地心不在焉。

一向勤勉的優等生艾莉莎，心不在焉的原因只有一個。這也是仔細看就能立刻明白的事。

喀啦啦！

「！」

教室的門每次打開，她的視線就馬上朝向該處，接著這道視線一定會先經過旁邊座位再回到自己手邊。換句話說，就是這麼回事。

（我是在介意什麼啊……反正，他只會一如往常睡眼惺忪地來上學。我一點都不必介意。）

艾莉莎心神不寧地玩弄著肩頭上的頭髮，如此勸告自己。她到校至今一直重複著這套程序。

對此也確實有自覺的艾莉莎，「呼～～」地吐出長長的一口氣，然後切換心情。

（一如往常相處就可以了……對，一如往常。）

當艾莉莎下定決心不再在意，重新面向課本的時候……又響起教室開門的聲音。

不過，艾莉莎已經不往門口看了。因為現在的她全神貫注看著眼前的課本。一旦完全切換意識，艾莉莎基本上不會被雜念打亂內心。

「啊，政近，哈囉。」

「喔，早安。」

「！」

實際上並非如此。她一瞬間就慌亂不已。

身體明顯彈了一下，卻若無其事翻著課本……不過那一頁不在今天的課程範圍。

「早安，艾莉。」

「哎呀，早安，久世同學。」

後來政近主動打招呼，艾莉莎像是這時候才終於察覺般地抬頭。

她故作鎮靜，裝出像是在說「昨天的事？哎呀，發生了什麼事？」的平靜表情。

她抬頭看見的政近臉孔……

「這是在預習嗎？」

「啊，是的……」

……掛著一種像是純真無瑕的笑容。

（咦？咦？那張臉是怎樣？）

政近隱約洋溢著一股至今沒看過的飄渺氣息，讓艾莉莎不知所措。

「嗯？怎麼了嗎？」

「咦……沒事。」

「是嗎？」

艾莉莎反射性地含糊帶過之後，政近沒繼續追問，開始和前方座位的光瑠說話。

艾莉莎一邊假裝預習，一邊以餘光偷看他的模樣。

（久世同學……總覺得好像無精打采？）

政近和光瑠聊天的樣子，給艾莉莎這種印象。

聊天內容明明一如往常平凡無奇，散發的氣息卻果然有點飄渺，艾莉莎實在很在意，甚至也覺得有點帥——

（慢著，我在想什麼啊！）

昨天回家路上的那幅光景忽然在腦中重播，艾莉莎連忙消除。

（沒什麼……對，反正他只是又沒睡飽吧。）

他只是因為沒睡飽，所以稍微無精打采罷了，艾莉莎這麼說服自己，但是開始上課之後……

（他沒睡……）

政近別說睡覺，甚至連呵欠都沒打，認真上課的樣子和以往大不相同。沒有特別忘記帶什麼東西，下課時間也沒有匆忙趕作業。

看到這樣的政近，反倒是艾莉莎完全亂了步調。

明明滿腦子認為政近會一如往常過了一晚就再度變得毫無幹勁，如今看他展現這麼正經的態度，艾莉莎無論如何都會想起昨天那件事。

『再也不會讓妳孤單一人。從今以後，我會在妳身旁扶持妳。』

政近當時說出的話語與露出的表情在腦海甦醒，艾莉莎臉頰頓時火熱。

（難道他真的想要為了我……從平常就改變態度……？）

忽然冒出這種想法，湧上心頭的害臊情感令她搖了搖頭。

「九条同學？妳怎麼了？」

「咦？啊啊，對不起。我沒事。」

現在是第四節的體育課。

艾莉莎在排球比賽進行時突然搖頭，同學們朝她投以疑惑表情。如同要甩開這些視線，艾莉莎在球描出弧線飛過來時，以犀利的殺球打回對方陣地。

艾莉莎運動細胞超群，個子又高，在排球賽可說是一枝獨秀。

對方球隊有排球社的社員，艾莉莎這邊卻完全沒屈居下風，反倒是略占上風。

不過，在攻守兩方面大顯身手的艾莉莎，一半的心思不在場上。不經意回過神來，就會看向體育館另一邊正在打球賽的政近。

（久世同學……還好嗎？）

艾莉莎很擔心從早上就無精打采的政近。

體育課是男女分開上，現在體育館中央以吊掛在天花板的網子，將男女分開各自比賽。即使艾莉莎的裸眼視力是1．5，在這個距離隔著細網也無法分辨誰是誰。

明明是這樣才對，然而只有政近，艾莉莎不知為何可以清楚辨別……感覺原因呼之欲出，根本沒什麼好猜的，不過艾莉莎本人沒有這份自覺。

「啊……」

就在這個時候，同隊隊友的發球居然直接命中政近的後腦勺。

政近踉蹌倒下，發球的男生連忙跑過去。

「九条同學！」

「！」

這時候，背後傳來的叫聲拉回艾莉莎的注意力，隊友剛好在這時候將球托到網前。

艾莉莎半下意識地鑽到球的落點，要將球打向對方陣地……在同一時間發現對方球隊的排球社社員跳起來想攔截，所以她變更計畫，將落下的球輕輕往上撥。

描繪小小弧線的球，輕盈飛越對方的攔截，落在對方陣地。同時周圍響起歡呼聲，擔任裁判的老師吹哨了。

「比賽結束！B組獲勝！」

艾莉莎簡單回應歡呼接近的同隊隊友，空出球場準備進行下一場比賽。移動到牆邊之後，艾莉莎發現政近的身影消失了，似乎是離開了體育館。

「準備好了嗎？好，比賽開始！」

隨著老師的哨音吹響，下一場比賽開始，周圍的視線集中過去。

「……」

在這樣的狀況中，艾莉莎猶豫片刻……然後悄悄溜出體育館。

◇

「就說了，『球是朋友』這種話是幻想。」

政近坐在體育館外面的階梯，撫摸後腦勺抱怨。

別看政近這樣，其實運動細胞挺不錯的，不過球類項目從以前就是他的罩門。

總之政近和球簡直是相剋。別說朋友，甚至像是被球當成殺父仇人憎恨。

打棒球總是會挨觸身球。

只要打籃球，手指一定會吃蘿蔔乾，小學時代打躲避球的時候，甚至創下被彷彿具備追蹤功能的變化球連續五次打在臉上而送進保健室的傳說。

不過因為太容易吸引球接近，所以踢足球的時候擔任守門員大顯身手。對於敵隊每次射門都造成慘痛回憶的政近來說，這種事沒什麼好高興的。

「唉～～……」

政近無力低下頭，深深嘆了一口氣。同時肚子發出咕嚕嚕的可憐聲音。

「餓了……」

沒錯，政近之所以從早上就無精打采，其實主要是這個原因。

艾莉莎擔心他是否發生了什麼事，但是根本沒什麼。只是因為一大早和有希的那段互動將氣力與體力抽乾，最後沒吃早餐餓到現在。

順帶一提，上課時之所以沒睡覺，是因為昨天沒舉辦動畫感想發表會早早就寢。之所以沒忘記帶東西，是因為來接送有希的隨從（不知為何掌握政近班上的課表）為他準備周全。

總歸來說，一切都是艾莉莎想太多……不過艾莉莎無從得知這種隱情。

「久世同學，沒事嗎？」

「嗯啊？」

突然傳來這聲關心，政近猛然抬起頭。認出身旁擔心低頭俯視他的是艾莉莎之後，連忙端正坐姿。

「艾……艾莉？怎麼了，跑來這種地方……」

「想說你會不會受傷了……」

「啊啊，真的假的，被妳看見了嗎……不，並沒有受傷啦……」

政近自覺被她看見頗為丟臉的場面，感到愧疚而縮起脖子。艾莉莎坐在他身旁，繼續掛著擔憂的表情關心政近。

「真的沒事？要去保健室嗎？」

「不，就說沒事了。只是體育館很熱所以出來透氣，休息一下就會回去。」

「……這樣啊。我看一下。」

「咦，喔……？」

艾莉莎忽然把臉湊向他伸出手，政近反射性地向後縮。下一瞬間，艾莉莎撥起他的瀏海，冰涼的手掌按在他的額頭。

冰涼的觸感使得發熱的身體覺得好舒服。政近不禁瞇細雙眼，面前的艾莉莎也將手按在自己額頭測量體溫差距，經過數秒之後皺眉移開手。

「這樣測不太出來。」

「是……是嗎……？」

艾莉莎聳肩之後，屈膝抱著雙腿而坐。對於艾莉莎的這份關懷，政近他……

（E罩杯……真的假的？）

卻正在思考這種差勁透頂的事。而且還目不轉睛看著艾莉莎被白皙長腿壓到變形的雙峰。

他回想起昨晚有希那段話。雖然從以前他就覺得艾莉莎在同班女生之中也算相當豐滿，不過從妹妹那裡獲得罩杯大小這種實際情報，對於青春期男生來說太刺激了。

（不，慢著……既然是推定，難道也可能更大嗎？）

不同於以往，政近完全陷入青春期的思考模式。有一種理論主張食慾與性慾息息相關，說不定是這方面的影響。

艾莉莎似乎沒察覺政近想入非非，將剛才撥起來的瀏海摸順復原，慢慢解開束在頭後的長髮，咬著髮圈重新綁好。

頓時，她在政近眼前露出毫無防備的頸子，從運動服袖口可窺見雪白的腋下。

（什……什麼——！腋下走光？妳這傢伙是故意的嗎？故意的嗎？）

怎麼可能。說起來，艾莉莎恐怕不知道「腋下走光」這種概念。政近自己也明白這一點。

不過正因為明白，正因為當事人完全是下意識這麼做……所以破壞力非比尋常。

政近忍不住嚥了一口口水。袖口隨著艾莉莎重綁頭髮的動作輕輕搖晃，腋下與胸部的界線若隱若現。

（有希……我說的就是這個！）

果然若隱若現才是正義，政近確信了這一點。此時艾莉莎已經綁好髮圈，放下手臂輕輕搖頭。

「……什麼事？」

「啊，沒事……」

此時艾莉莎終於察覺政近的視線，身體稍微向後縮。政近一時說不出話，視線游移不定。

對於政近這種反應，艾莉莎露出有點疑惑的表情，卻沒特別追究，忽然一臉像是想到某件事般地站起來。

「總之，最好喝個水。」

「咦，啊，好……」

即使心想：「不，我沒有中暑或脫水症狀的徵兆啊？」但是艾莉莎不同於以往溫柔對待，使得政近懷著內疚的心情乖乖跟上。

繞著體育館的外圍移動，來到操場與體育館中間設置的洗手台，將水龍頭轉成朝上打開。政近探頭用嘴巴去接描繪著弧線噴出的水，冰涼的水溫使他突然覺得口渴，忍不住咕嚕咕嚕大口喝。看來身體流失的水分比想像中還多。

（看來艾莉的判斷或許意外正確。）

如此心想的政近關閉水龍頭，一邊以手臂擦拭嘴角，一邊不經意看向旁邊……

（Oh……）

身旁一樣在喝水的艾莉莎模樣，令他不禁說不出話。

不像政近那種貪婪的喝法，艾莉莎是開著細小水流如同小鳥輕啄般地飲用。藍色的雙眸看向下方，眼眶上緣的睫毛好長。以指尖輕輕將細如絹絲的銀髮掛在耳後的動作好迷人。

不只如此，微微冒汗的雪白肌膚，以及隨著彎腰晃動表現存在感的胸部，將政近內心的男生部分刺激到極限，政近基於空腹與炎熱以外的原因差點昏厥。

「呼……」

艾莉莎潤喉之後關閉水龍頭起身。旁邊傳來的水聲引得她不經意轉頭看……

「……」

「咦，等等，久世同學？」

她看見將水龍頭開到最大，正在沖頭的政近。

數秒後，政近從水龍頭下方慢慢抽出頭，從後腦勺將頭髮往上撥，把水甩掉。

「你……你在做什麼？」

「沒有啦……想說把腦袋（物理性）冷卻一下。」

髮梢與下巴不斷滴水的政近，以略顯憔悴的表情這麼說。面對這種異常的氣氛，艾莉莎也只能回應「這……這樣啊……」點點頭。

「哎呀哎呀，久世學弟怎麼啦~~？揮灑汗水的好男人？」

此時，忽然聽到一個熟悉的聲音，政近驚訝看向該處……就這麼仰望天空。

「妳好，瑪夏小姐。我只是把腦袋冷卻一下，請不用擔心。」

站在那裡的是身穿運動服的瑪利亞，看來正在操場上體育課。她以掛在脖子的白色毛巾擦臉，對於轉頭移開視線的政近歪頭納悶。

「怎麼了？天空有什麼嗎？」

「有雲。」

「說得也是。」

「你在說什麼天經地義的事啊……」

艾莉莎發出傻眼的聲音，不過就算她這麼說，政近也無法將視線移回來。因為這位姊姊的姊姊真的很姊姊。

（運動服……真是好東西啊。）

政近徹底明白體育課男女要分開上的理由了。要是此等美景就在旁邊，健全的男高中生應該無心上課吧。

政近遠眺天空，心不在焉地思考這種事。

「濕成這樣……有東西擦嗎？」

「啊，沒有耶。總之自然風乾就可以吧……」

政近以腦死狀態適當回答瑪利亞的問題。因為他的意識像這樣恍惚……所以反應慢半拍。

「好～把頭低下來～～」

「咦？哇噗！」

回神一看，瑪利亞已經接近到幾乎感覺得到呼吸的距離。聲音太近，使得政近反射性地將臉朝下，隨即有一條毛巾放在他頭上用力擦拭。

（這……這是什麼？這種事件，我從來沒看過啊？）

被美女學姊擦頭。超乎預料的這個演變使得政近完全混亂。

但即使思緒混亂，本能依然忠於自我。從狂舞的毛巾縫隙看得見瑪利亞那對雄偉的姊姊，政近的視線就這麼盯著不放。

「好，擦完了～～」

「噗，喔嗚……」

不知道瑪利亞是否有察覺，她最後將毛巾捲成圓形，輕拍擦拭政近的臉，然後滿意點頭。

「如何？清爽了嗎？」

「嗯，算是吧……還有，我好像體會到狗的感覺了。」

「哎呀～～秋田犬？」

「不，我不知道品種……不好意思，我是隻沒教養的爛狗。」

「嗯？調皮的狗狗某方面來說也很可愛啊？」

「哈哈哈……」

學姊說出微妙脫線的少根筋感想，讓政近的罪惡感愈來愈重。居然對這位聖母般的學姊投以不安好心的視線，政近深感抱歉。

此時，某人從身後拉著政近的手臂，同時發出有點嚴厲的聲音：

「好了，久世同學，我們回去吧。瑪夏，妳是不是也該回去上課比較好？」

「咦咦～～姊姊我才剛來耶？」

「唔……總之算了。我們要回去了。」

「好～～放學後見哦～～？」

「啊，好的。再見。謝謝學姊的毛巾。」

政近和笑咪咪揮手的瑪利亞道別，就這麼被艾莉莎拉著手臂走回體育館。

（啊啊～～看來是那樣了。是會被罵「骯髒」或是「下流」的狀況。）

就這麼被拉著手臂跟在艾莉莎身後的政近，做好承受侮蔑視線的心理準備。實際上他自覺剛才一直色瞇瞇看著瑪利亞，所以也無法特別反駁什麼。

如同肯定這個猜想，艾莉莎走到體育館附近的時候停下腳步，轉身面向政近。

「所以……已經沒事了嗎？」

「咦？」

「你的頭，被球打到的部位。不好好冷卻沒問題嗎？」

「…………啊啊！」

此時政近察覺了。艾莉莎以為他沖水是要冷卻排球打中的部位。

（不會吧？她絕妙地誤會了！）

艾莉莎即使掛著有點嚴厲的視線依然這樣關心，政近在各方面感到過意不去。他無法直視艾莉莎真摯的視線，視線游移如此回答：

「啊啊～～不，沒事了。畢竟也沒有腫起來。」

「……真的？」

「不，真的沒事了！」

艾莉莎不知道是怎麼解釋這句結巴的回應，居然試著實際觸摸確認，政近全力拉開距離。

（怎麼回事？為什麼對我這麼好？嬌羞期嗎？是進入嬌羞期嗎？）

政近在內心吐槽艾莉莎不同於以往的溫柔行動時，昨天的表白（？）與親臉頰（？）同時浮現在腦海，他連忙消除。

（不，這是，不過……乾脆直接確認比較好嗎？）

政近慢慢和艾莉莎拉近距離，放手一搏。

「啊啊～艾莉同學？妳今天是不是莫名對我很好啊？」

聽到政近這麼問，艾莉莎眉頭一顫，停止動作。

（如何？這麼一來，艾莉肯定會說：「哪有，只是擔心你一下而已啦！」然後回復正常！再怎麼樣也不可能說：「因為，我對你～～」這種話！肯定沒錯！）

政近暗自吞了一口口水，他面前的艾莉莎果然不悅皺眉移開視線，以手指玩弄髮梢並開口說道：

「因為，總覺得你從早上就無精打采……想說是不是發生了什麼事，有點擔心你而已啦。」

「嗯？啊啊，啊～～啊～～……」

這一瞬間，政近掌握所有的事態了。同時也明白自己接下來該怎麼做。

「這樣啊……原來被妳察覺了……」

「發生了……什麼事嗎？」

「啊啊，其實是……」

艾莉莎擔心般地垂下眉角，政近按著額頭，朝她裝出哀愁到不必要的表情，以像是要進行重大告白的音調說：

「我肚子餓……使不上力氣。」

「……什麼？」

「我肚子餓……使不上……力氣……！」

緊接著，剛才一口氣灌入了大量自來水的政近肚子，發出咕嚕嚕的響亮聲音。

聽到這個聲音，錯愕至今的艾莉莎表情抽搐，柳眉倒豎。從昨晚到現在的種種在她的腦海四處奔馳，憤怒與羞恥染紅臉頰。

「這樣啊……還以為你今天那麼認真上課……原來是餓到睡不著啊……？」

即使只有一瞬間，冒出「難道是為了我而認真起來？」這種想法的自己好丟臉，艾莉莎以低沉到駭人的聲音詢問，政近則是以實在令人火大的不解表情歪過腦袋。

「不，這是因為我昨天睡得很好。」

「……這樣啊，喔……」

原來如此，睡得很好。

我因為昨天回家路上發生的那些事在腦中揮之不去，所以遲遲無法入睡，這個不正經的悠哉男生，卻對這種事毫不在意呼呼大睡。原來如此原來如此……

艾莉莎冒出青筋，全身微微發抖，政近輕輕露出笑容像是開導般地這麼說：

「總之艾莉妳聽好，上帝是這麼說的。」

「說什麼？你想說的是『當愛你的鄰舍』嗎？」

「不是啊？上帝是這麼說的……『有人打你的右臉，連左臉也轉過來由他打』。」

政近露出純真無瑕的笑容這麼說完，默默將左臉湊過去。艾莉莎立刻高舉右手。

「好大的膽子！」

「謝謝！」

艾莉莎毫不留情朝著湊過來的左臉賞耳光，不知為何道謝的政近就這麼被打飛。

「唉，真是的！快點回去上課吧？」

艾莉莎氣喘吁吁說完，無視於倒地的政近轉過身去。

（差勁！太差勁了！我果然不可能喜歡那種胡鬧的傢伙！）

昨天果然只是一時意亂情迷。更加確信這一點的艾莉莎返回體育館。政近一邊目送她的背影，一邊緩慢起身。

（太好了，是一如往常的艾莉。）

他暗自鬆了口氣。

◇

「艾莉同學？要不要一起去學生會室？」

放學後，政近客客氣氣地如此詢問，艾莉莎給他一個白眼之後點點頭。似乎還沒將第四節課那件事放下的艾莉莎，默默拿著書包站起來，就這麼快步走出教室。

政近像是隨從般地跟在她身後，心想「我可能做得有點太超過了」。看見學生會室時，剛好有幾個男學生從室內走出來。

「「「抱歉打擾了！」」」

然後，他們以隱約發抖的聲音道歉，一齊朝著室內鞠躬，然後匆忙往這裡走過來。

「咦……？」

仔細一看，是昨天吵得不可開交的棒球社以及足球社幹部們。察覺這一點的艾莉莎停下腳步，政近走到她身旁，不過看到他們同樣掛著不知道在害怕什麼的表情，兩人一起歪過腦袋。

同時對方似乎也察覺兩人，露出像是回神的表情，然後一齊跑過來。政近情急之下站到前方要保護艾莉莎，下一瞬間發生的卻是完全出乎預料的事態。

「「「對不起——！」」」

他們來到兩人面前之後，居然一齊向艾莉莎鞠躬。腰部精準彎曲九十度，非常漂亮的謝罪姿勢。政近不禁想佩服他們不愧是體育社團，不過以這種氣勢道歉基本上很恐怖。

「那個～～學長？這是怎麼回事？」

總之政近先詢問認識的棒球社社長，他緩緩抬頭開口：

「那個……對不起，九条學妹。昨天我們也激動過頭，應該對妳說了各種難聽的話。當時應該更冷靜坐下來談才對，我已經在反省了。真的很對不起！」

「我們也是，應該更好好聽妳怎麼說才對，抱歉。」

足球社社長也接著道歉，然後兩人再度一起鞠躬。艾莉莎被這股氣魄嚇得稍微向後仰，戰戰兢兢點了點頭。

「事情已經過去了。請抬起頭吧。」

「「「是！抱歉打擾了！」」」

緊接著，他們又以爽快的語氣道別，然後以軍隊般的精實動作迅速離開。

「怎麼回事……？」

政近錯愕目送他們的背影之後，艾莉莎再度變得不太高興，但她輕聲這麼說：

「那個……謝謝你保護我。」

「嗯？啊啊……別在意。」

政近聳肩隨口帶過，艾莉莎的氣息稍微變得柔和，使他鬆了口氣。

【……剛才好帥。】

就在這時候中了冷箭！因為是鬆懈的瞬間，所以威力加倍！

（啊，嗯……一……一如往常……吧……）

政近內心的嘴角流血，快步走向學生會室，以免自己的表情被她看見。

「打擾了。」

然後，政近打開學生會室的門——

「啊？」

他看見門後站著一名釋放猛烈殺氣的太妹，不由得愣在原地。那黑色的短髮，英挺端正的容貌，高眺修長的模特兒體型，明明乍看是會讓人誤認為專業模特兒的美少女……卻只能說她完全是一副太妹打扮。

那凶狠看向政近的雙眼，充滿像是嗜血猛獸的閃亮光輝，站姿無懈可擊，釋放著彷

……Круто было❤

佛扭曲周圍空間的恐怖氣息。最重要的是……她的肩膀不知為何扛著竹劍。

（不妙，要被殺了。）

政近發自本能這麼想，然後他瞬間選擇了自保的最佳行動。

緊繃的臉頰露出笑容，表示自己沒有敵意。再以不刺激對方的平穩聲音這麼說：

「對不起，我走錯了。」

然後政近輕輕關上門。

Иногда Аля внезапно кокетничает по-русски

第3話 請問可以再來一杯嗎……

「那個……對不起。聽到不熟的男生聲音，我以為棒球社與足球社那些人又跑回來……不小心就這麼想了，請諒解吧？」

說完露出難為情笑容的人，是我們的太妹大人……更正，是高中部的學生會副會長——更科茅咲。

她收起剛才的殺氣，閉上單眼並且在面前合起雙手道歉，坐在正前方的政近也稍微放鬆肩膀的力氣。

「這樣啊……那個，他們做了什麼事嗎？」

「嗯？這你不是比較清楚嗎？」

「咦？」

政近歪過腦袋，茅咲看向坐在政近身旁的艾莉莎開口：

「我的可愛學妹明明前去仲裁，那些傢伙卻好像不聽勸，一直爭吵到旁人都看不下去。這種行為只讓人覺得是在向我們學生會挑釁吧？所以我就稍微修……唔唔！警告他們一下。」

妳剛才差點說出「修理」這兩個字吧？

政近將冒出來的疑問放在一旁，看向立在茅咲身旁的竹劍回應：

「……原來如此。不，可是……拿竹劍出來太過火了吧？」

「咦？啊啊沒有啦……啊哈哈……」

緊接著，茅咲也瞥向竹劍露出尷尬表情，硬是以開朗語氣說：

「沒……沒問題！我用拳頭會把人打死，但是用竹劍不會把人打死！」

「……這樣啊。」

「嗯。因為人還沒打爛，竹劍就會先爛掉了！」

「哈哈哈……」

「哈哈……啊啊～～嗯。」

聽到政近的乾笑，茅咲似乎察覺自己的玩笑話冷場了，掛著僵硬的笑容讓視線游移。

不，如果是有希說出這種話，政近也會說「慢著，這樣哪裡沒問題了？」吐槽回去……但是在這個狀況這麼說的不是別人而是茅咲，所以實在是笑不出來。應該說這不算是玩笑話。

更科茅咲。高中部二年級引以為傲的該屆兩大美女之一，部分男生避之唯恐不及，另一方面也是校內首屈一指的帥氣女生，誇稱在女學生之間的人氣頂尖。

通稱為「學園的征母」。聽說原本稱之為「女首領」，但是去年「學園的聖母」瑪利亞入學之後就換成「征母」這兩個字。她以前是國中部風紀委員長，擔任學生會副會長的現在，主要是在各社團社長與副社長組成的「社團聯會」擔任整合的角色。

（聽說部分女生稱她「姊姊大人」，部分男生稱她「大姊頭」……原來如此。）

政近回想起剛才棒球社與足球社的模樣，以及茅咲殺氣騰騰的樣貌，心想「那樣確實是大姊頭」而接受。

聽說她曾經強硬解決班上的霸凌問題，獨力鎮壓闖入校慶的不良集團十幾人，校外教學前往北海道的時候徒手擋下襲擊學生的激動牛隻。

擁有許多傳說的她，最知名的英勇事蹟是曾經救出放學時差點被綁架的征嶺學園女學生。

其他傳說都令人質疑真實度，唯獨這一件是毋庸置疑的事實。因為她獲頒警方的感謝狀。

當時甚至還上報了。

從這方面的事蹟與剛才的模樣來看，或許是以暴力為業的黑社會大姊頭……原本以為是這種人物，不過看她被兩個學弟妹投以微妙視線時心神不寧的反應，或許意外不是這麼回事。

「唔……唔唔～～……統也～～」

此時，大概是難以承受這股無法言喻的氣氛，茅咲發出可憐的聲音向男友求救。

聽到女友的求救聲，背對窗戶坐在學生會室深處的會長席上的統也，稍微露出苦笑開口說道：

「哎，久世，別這麼緊張。茅咲沒有向他們使用暴力，只是運用暴力背景威脅他們罷了。」

「等等，統也？」

「開玩笑的。」

茅咲驚愕睜大雙眼，統也惡作劇般地笑了。察覺被捉弄的茅咲不悅蹙眉起身，迅速繞過桌子之後頻頻拍打統也肩膀。

「討厭啦！討厭啦！」

「哈哈，抱歉抱歉。」

情侶令人會心一笑的打情罵俏，使得政近也失笑。

「真是的，討厭啦！」

「哈哈，茅咲？肩膀會脫臼，要被妳打到脫臼了。」

會心一……笑？不對，發出的聲音不太妙。

與其說是拍打更像是搥打，是打進骨子裡的聲音。

而且統也壯碩的身體每次被打就大幅搖晃。但他還是面帶笑容規勸女友，看在眼裡的政近覺得他是真男人。

「對不起～～我稍微遲到了嗎？」

此時瑪利亞進來了。開門的時候，她看著正前方的統也與茅咲眨了眨眼睛，微微露出柔和的苦笑。

「哎呀哎呀，茅咲、會長，在學生會室嬉戲也要適可而止哦？」

瑪利亞將頗為暴力的這幅光景簡單解釋為「嬉戲」，看在眼裡的政近覺得她真的少根筋。

不過這句話似乎對茅咲奏效，她回應「不……不是那樣啦！」離開統也，像是回神般地看著揉肩的統也垂下眉角。

「對……對不起啦。會痛嗎？」

「嗯？啊啊，沒事。我肩膀很僵硬，妳剛才那樣算是恰到好處。」

即使痛到臉頰有點抽搐，統也依然笑著轉動肩膀示意。過於強烈的男子氣概，使得政近差點迷戀上他。

「真的對不起啦……我沒能好好拿捏力道。」

「（這是哪門子的戰鬥民族？）」

「沒事。我就是為此鍛鍊身體的，不用客氣儘管來。」

「（為了女友而鍛鍊是這個意思？）」

「統也……」

「（咦？氣氛變得甜蜜的要素在哪裡？）」

政近小聲吐槽，艾莉莎輕拉他的手肘部位。轉頭一看，嘴角微微抽動的艾莉莎，給他一個白眼並且搖了搖頭。

責備般的視線引得政近輕聲一笑，隔著肩膀以視線朝茅咲示意之後開口：

「（我說啊，更科學姊既然被稱為大姊頭，胸部果然是裹著白布條固定嗎？）」

「（為什麼會是這樣？）」

「（沒有啦，如果真的有裹，就變成白布條的更科學姊了。）」（註：日文「白布條的」與「更科」同音。）

「咕呼！～～～～！」

艾莉莎忍不住稍微笑出來，隨即害羞臉紅拍打政近的手臂。

「哎呀哎呀，感情真好耶～～」

「唔，哪裡好？」

「呵，看來瞞不過妳的姊姊耶？我們的好交情☆」

「少煩。」

政近拋個笨拙的媚眼這麼說，艾莉莎斷然否定，此時學生會室響起敲門聲，這次是有希入內。

「打擾了。不好意思，我稍微遲到了。」

「嗯，啊啊，別在意，周防。」

統也說著也站了起來，從會長專用的桌子移動到政近他們的這張桌子。

從門口往室內看，坐在俗稱壽星座位的是統也。右側依序是瑪利亞、艾莉莎、政近，左側依序是茅咲、有希。所有人像這樣就定位之後，由統也主導開場。

「那麼，開始進行學生會會議。」

「「「「請多指教。」」」」

「那麼久世，麻煩你重新自我介紹吧。」

「好的。」

政近在統也的催促之下起身。

「本次很榮幸加入學生會擔任總務。我是久世政近。嗜好是各種御宅族領域，流行的動畫或漫畫我應該大多知道。然後……」

此時，他看向鄰座的艾莉莎發表宣言。

「明年預定和這位九条艾莉莎一起參選正副會長。請各位多多指教。」

「好，請多指教。」

「請多指教～～」

「請多指教哦～～？」

學長姊們各自露出笑容，報以溫暖的掌聲。至於有希雖然一起鼓掌，卻掛著猜不透情感的優雅笑容，艾莉莎則是注視著這樣的有希。

「那麼，其他成員姑且也趁這個機會自我介紹一下吧。」

統也說完環視所有人的臉，判斷大家沒特別反對之後，重新面向政近。

「我是會長劍崎統也。最近的嗜好是鍛鍊肌肉。請多指教。」

「我是副會長更科茅咲。嗜好是……劍道吧。請多指教。」

「我是書記九条瑪利亞。嗜好是收集可愛的東西……吧？啊，漫畫的話我對少女漫畫很熟哦？請多指教。」

「我是公關周防有希。嗜好是鋼琴與花道。政近同學，重新請你多多指教吧？」

「……我是會計九条艾莉莎。嗜好是閱讀。請多指教。」

所有人重新自我介紹完畢之後，政近也微微低頭致意。

（不過，像這樣齊聚一堂真是壯觀。）

驚人到不禁感嘆。原因在於女性陣容的姿色平均值。在征嶺學園的漫長歷史之中，應該也是前所未有的水準吧。

而且各人的類型都完全不同。如果拍照寄給電視台，或許會以「過於美麗的學生會」為主題前來採訪。

「那麼久世，今天麻煩你陪在九条姊旁邊工作吧。」

「好的。」

「抱歉了。你曾經是國中部學生會的副會長，我想應該很快就會上手，不過你就暫時陪在其他成員旁邊學習工作內容吧。」

「雖然感覺不用猜，不過學生會人手不夠嗎？」

「是啊，老實說一點都不夠。也因此無法依照職位完全分工，這是學生會的現況。」

「是啊，畢竟正常來說，書記或會計都是由好幾個人負責……我不在意喔。總務總歸來說就是打雜的萬事通。我國一的時候也是總務所以很習慣。」

「喔喔，真是可靠啊。」

統也愉快一笑，此時有希向他開口：

「抱歉打斷對話，會長，關於那場展示會，我想去和美術社討論一下。」

「嗯？喔喔，拜託妳了。」

「好的。關於這部分……因為也會討論到預算問題，所以我希望艾莉同學也一起去。」

「咦？」

突然被提及，艾莉莎眨了眨眼。不過大概是從有希的表情察覺端倪，她立刻以正經表情點點頭。

「……我知道了。會長，我去一下就回來。」

然後兩人一起離開學生會室。

（……看來有某些隱情。）

目送兩人背影的政近內心掠過一絲不安。不過立刻被一個像是毫無不安的軟綿綿聲音吹到九霄雲外。

「好～～那麼久世學弟來我這裡對吧～～坐過來吧～～」

瑪利亞輕拍剛才艾莉莎所坐的座位，露出充滿療癒光輝的笑容。聽到不禁令人放鬆力氣的這聲呼喚，政近微微露出苦笑站起來。

◇

艾莉莎跟在有希身後，在放學後的走廊上行走。

有希以「希望一起列席會議」的名目帶艾莉莎出來，但艾莉莎沒有遲鈍到盡信這種說法。

有希帶她出來是基於別的理由。艾莉莎也隱約猜到這個理由。不過從有希的背影感覺不到她打算主動提這件事。

（也對⋯⋯這件事應該由我先開口吧。）

艾莉莎短暫閉上雙眼下定決心，然後向走在前方的有希搭話。

「有希同學，方便說幾句話嗎？」

或許該說果不其然，轉過身來的有希臉上沒有驚訝神色。她露出平靜的笑容點頭回應艾莉莎的要求，沒特別發問就面向側邊，以視線朝著一旁的空教室示意。

「沒問題。在這裡不太方便，就借用那間空教室吧。」

「嗯。」

有希先進入空教室，隨後入內的艾莉莎關上門。兩人在夕陽射入的教室面對面。先開口的果然是艾莉莎。

「我決定和久世同學一起參選正副會長了。」

艾莉莎以挑戰般的表情明確告知。對此，有希掛著同樣的笑容點頭。

「嗯，我知道。我昨天聽政近同學親口說了。」

「……這樣啊。」

有希的話語引得艾莉莎眉頭一顫，但她還是簡短回應，至此不再開口。有希微微歪頭。

「那個……要說的只有這些嗎？」

「……嗯。我完全沒做什麼虧心事，所以沒要道歉。我只是想親口說清楚而已。」

「呵呵，原來是這樣啊。」

艾莉莎這段話就某種角度聽起來像是在挑釁，不過有希卻像是覺得有趣般地發出了笑聲。

「嗯，妳沒什麼好道歉的啊？因為這都是政近同學自己的選擇。我對此沒要抱怨什麼，也不會向妳發洩不滿的情緒。」

有希清楚斷言之後，有點調皮地笑著說「不過我很遺憾他沒選我就是了」。略顯達觀的這張笑容，使得艾莉莎回神時就問出了這個問題：

「有希同學……妳對久世同學……」

「？」

「……不，沒事。」

才說出口，她就立刻反省自己問得過於深入而收回前言。然而……

「我愛他。勝過世界上任何人。」

「！」

有希以誠摯表情毫不猶豫地這麼回應，艾莉莎大吃一驚。

「……勝……勝過任何人？」

「是的。勝過母親，勝過父親，勝過這世界上的任何人，我就是這麼深愛著政近同學。」

毫不躊躇，毫不害羞，有希光明正大地說出對政近的愛。過於真摯的愛情表白，使得艾莉莎不禁退後一步。有希立刻像是乘虛而入般地反問：

「艾莉同學，妳呢？」

「咦？」

「艾莉同學，妳對政近同學是怎麼想的？」

「我……我……」

艾莉莎反射性地要回答「只是普通朋友」，有希真摯的雙眼卻令她移開視線。聽過有希無比率直又誠實的表白，艾莉莎內心產生猶豫，不知道是否能給她這種無關緊要的答覆。

「久世同學……是朋友。很……很重要的……朋友。」

結果，艾莉莎移開視線羞紅臉頰，勉強擠出這句話。她隨即感覺背部迅速發燙，忸怩怩搖晃身體……然而光是套出這句話，有希並不會滿足。

「妳喜歡他嗎？」

「唔咦？」

正中直球的追擊，使得艾莉莎發出怪聲面向前方。有希筆直注視她的臉，大步拉近距離。

艾莉莎不由得退後，但是有希卻不以為意地繼續靠近。

回過神來，艾莉莎已經背靠教室的門，完全被逼得走投無路。

嬌小的有希和高䠷的艾莉莎身高差了二十公分，在這個距離下，完全成為有希仰望艾莉莎的狀態。不過和這個構圖相反，實際上被氣勢震懾的是艾莉莎。

「怎麼樣？妳喜歡他嗎？」

「喜歡……什麼的，這種情感……」

「我已經明說我愛他了！請艾莉同學也說清楚吧！」

「唔，唔唔……」

有希毫不留情地逼問，讓不習慣戀愛話題的艾莉莎大腦出現過熱症狀。

結果艾莉莎就這麼沒能整理思緒，在自己對抗有希的不服輸心態驅使之下開口：

「喜不喜歡……我不太清楚……但是！我……我不會把久世同學交給妳！」

艾莉莎像是不禁脫口而出般地放話，有希緩緩眨眼之後，和她拉開距離。

「……這樣啊。呵呵，總之今天只要聽到妳這麼說就可以了。」

有希說完輕聲發笑，然後露出一如往常的文雅笑容催促艾莉莎。

「那麼，我們去美術社吧。不能讓他們等太久。」

「呃，嗯……」

有希態度切換得這麼快，艾莉莎有點不知所措，但還是和她一起離開教室。走向美術社的途中，艾莉莎腦海浮現剛才的對話。

（我……我剛才……說了什麼？總覺得好像不小心說了什麼天大的事……話說回來，愛？咦，愛？）

沒能將資訊處理完畢的艾莉莎頭昏眼花，旁觀這一幕的有希若無其事轉頭不看她，露出相當壞心眼的笑容。

（「很重要」而且「不會交給我」嗎……嗯～～？哥哥還滿厲害的嘛～～♪）

有希的腳步很輕盈，愉快得像是要跳起舞，和艾莉莎成為對比。

◇

「瑪夏小姐，妳看這個部分……」

「嗯？啊啊，這裡寫錯了。」

「啊，果然是這樣嗎？那我來修正吧？」

「嗯，拜託了～」

另一方面，在這個時候，跟著瑪利亞忙於學生會業務的政近，面對出乎預料的事態而暗自驚愕。之所以這麼說……

（不會吧，這個人……能幹得不得了耶？）

政近以有點……更正，以相當失禮的方式感到驚訝。

但是實際上，瑪利亞工作時的表現遠遠超過政近的預料。明明洋溢的氣息一樣柔和，處理工作的速度卻快得嚇人。

政近一直以為瑪利亞不是基於實務層面，而是靠著人望被學生會延攬，所以瑪利亞超乎預料的幹練表現令他大吃一驚。

（然後，反觀這邊……）

政近悄悄將視線移向坐在前方的另一名學姊。

「咦……？這個剛才在某處看過……咦？是在哪裡？」

「茅咲，是不是在剛才收起來的那個藍色資料夾？」

「咦？啊啊，對喔，那個啊。」

聽到瑪利亞這麼說，茅咲走向牆邊櫃子並排的資料夾。但她明明說過「那個啊」卻好像不知道是哪個，拉出並排的資料夾之後歪過腦袋。

（雖然說出來很失禮！非常失禮！不過她比想像的還不能幹！）

看來茅咲不擅長文書工作。應該說就政近看來，感覺她不擅長整理東西。

「……，～～……？～～～」

然後，總之……她單純就是坐不住。文書工作才做了短短二十分鐘左右，她早早就開始坐立不安。

（妳是正值貪玩時期的小學男生嗎……）

還要做嗎？我已經膩了耶？茅咲就像這樣轉頭瞥向四周，政近即使假裝沒看見，也不禁露出同情的眼神。

乍看工作能力不強，感覺只提供療癒功能的棉花糖女生，以及乍看工作效率滿分，像是幹練女強人的帥氣女生。

不過，兩人的工作表現和外表給人的印象完全相反。

（人真的不可貌相啊……）

政近深切感受著這一點，此時看不下去的統也向茅咲搭話。

「啊啊～～……茅咲，這麼說來，今天圖書館那邊好像要大幅更換藏書。」

「唔！怎麼了？人手不夠嗎？」

「是啊，圖書委員的女性比例高，更換藏書是相當吃力的工作。可以幫我過去看看嗎？」

「交給我吧！」

統也剛說完，茅咲就露出如魚得水的喜悅表情，轉眼之間衝出學生會室。文書工作似乎令她相當痛苦。看樣子她大概好一陣子不會回來吧。

「抱歉了，久世。總之茅咲平常都是那種感覺。別看她那樣，和委員會或社團聯會協調的時候，她可是最佳人選。麻煩對她寬容一點。」

「不，總之……這就是所謂的量才錄用吧。」

統也露出苦笑幫茅咲說話，政近也苦笑回應。實際上，她的確是非常可靠的帥氣學姊吧。

從她曾經為了艾莉莎生氣，也可以清楚得知這一點。不過……看見她那麼孩子氣的一面，總覺得不知道該如何反應。

「不過她的這一面也很可愛吧？」

「慢著，我不會回應『嘿嘿，這樣很可愛喔』這種話。請不要自然而然曬恩愛。」

「喔喔，真有你的，久世。吐槽的角色在這屆學生會很珍貴。今後麻煩也像這樣盡情吐槽吧。」

「這屆學生會反倒只有搞笑角色吧？」

「很好！邀你加入學生會果然沒錯！」

「您是從哪裡體會到這一點啊？」

突然上演起這場短劇。在這樣的對話中，瑪利亞露出「感覺很歡樂耶～～」的笑容，熟練地將茅咲扔下不管的文件拿到手邊，若無其事繼續工作。

（這個人超能幹的耶……）

政近對這樣的瑪利亞刮目相看。

◇

後來繼續工作約四十分鐘，工作終於告一段落，暫時進入休息時間。順帶一提，茅咲在這段期間果然沒回來。

「那麼，我去泡紅茶吧～～」

「啊，我來幫忙。」

「不用了不用了～～坐著等吧？我喜歡泡紅茶。」

聽到瑪利亞這麼說，政近覺得礙事也不太好。而且看她將茶壺與茶杯預熱，感覺手法相當正統。不是外行人能插手的氣氛。

「久世學弟喝紅茶喜歡加牛奶？還是加糖？啊，也有果醬哦？」

「果醬……呃，難道是俄羅斯茶？」

「在日本是這麼稱呼的啊。不過很可惜不是檸檬茶。」

「……那麼難得有這個機會，我要果醬。」

「好～～啊，會長要乳清蛋白就好嗎？」

「一點都不好吧？」

「噗呼！」

瑪利亞突然隨口如此搞笑（？），政近忍不住笑了出來。後來統也的正經吐槽也很有趣，稍微戳中政近的笑點。

（真的假的，這個人也會開這種玩笑嗎？不，說不定是少根筋……？雖然不知道真相，不過無論是哪一種都太猛了……噗咯咯！）

政近就這麼坐在椅子上笑到有點岔氣。

「喂，久世，你笑過頭了。」

「不好意思……可是……咯咯！」

統也頗為傻眼，政近笑到稍微冒出眼淚才終於止住。

「啊啊～～……快笑死我了……慢著，咦？紅茶在俄羅斯不是冬季的飲料嗎？」

為了掩飾剛才在學長姊面前爆笑的害臊心情，政近問了這個問題，瑪利亞正在將熱水注入裝了茶葉的杯子裡，聞言微微歪頭思考。

「唔～～？每個家庭都不一樣吧？至少我家在夏天也會喝紅茶啊？不過也是因為家母愛喝紅茶就是了……」

「啊，畢竟學姊的母親是日本人。對喔……」

既然會大幅影響孩子飲食生活的母親是日本人，那麼即使孩子在俄羅斯出生，飲食文化也會和日本融合吧。當政近如此接受時，瑪利亞就這麼背對著他，以不經意的語氣發問：

「久世學弟對俄羅斯很熟嗎？」

「不，沒那回事……只是看過幾部俄羅斯的電影。」

「嗯～～這樣啊。」

實際上不只是幾部而已。當年他陪伴熱愛俄羅斯的爺爺，就這麼看了至少二十部電影，結果成為提升俄語聽力的一大助力。多虧這樣，在升上高中的現在，政近也完全聽得懂某人遮羞的俄語！太棒了！

「嗯？怎麼了，久世？瞧你一副若有所思的樣子。」

「啊，沒事……」

世上什麼事情是福是禍，真的沒人說得準……政近如此思考的時候，瑪利亞靜靜將紅茶與一小碟果醬擺在他面前。

「好～～久等了。」

「謝……謝謝。」

「會長也請用。」

「啊啊，謝謝。」

看來統也選擇砂糖，瑪利亞選擇果醬。

（嗯，這該怎麼做呢……）

政近面對果醬碟思索片刻，總之先直接喝一口紅茶。

「嗯！好喝……！」

「是嗎？謝謝。」

和平常喝的紅茶包相比，從香味開始就截然不同。從口腔竄上鼻腔的濃烈茶香，深邃的韻味，而且……也是喚醒某段懷念記憶的香味。

（啊啊，這麼說來……）

那位母親也愛喝紅茶。苦澀略增的紅茶使得政近放鬆臉頰，以餘光瞥向瑪利亞。

此時，瑪利亞以茶匙將果醬送進嘴裡，然後飲用紅茶。

「嗯？怎麼了？」

「啊啊，沒事……原來果醬不是直接加進紅茶啊。」

「這方面因人而異哦？德……我爺爺會把果醬加入紅茶喔～～不過以我的習慣，真要說的話是當成茶點？以這種感覺在吃。」

「是喔～～……」

就像是羊羹配綠茶那樣吧。政近如此信服之後，總之也學著瑪利亞試吃一口果醬。

「好甜……」

超乎預料的甜度使得嘴巴扭曲，政近連忙含了一口紅茶。果醬的甜度隨即適度中和，成為不太一樣的滋味。

「原來如此……」

花朵般的紅茶香氣配上果醬的酸甜味道，成為更加複雜的滋味。不過……

（唔～～和餅乾或蛋糕不一樣，是在口腔完全溶合在一起，總覺得變成另一種飲料……）

這樣喝也很好喝，不過既然紅茶原本就這麼好喝，感覺專心享用紅茶比較好。不過瑪利亞特地幫忙準備了，留下果醬也會於心不忍。

（下次我也只加砂糖吧。）

政近暗自下定這個決心，小口將果醬與紅茶輪流送入口中。

（話說回來，重新冷靜思考會發現……）

這位學姊，非常漂亮而且身材傲人。

個性很好，加上善於交際，不分男女受到許多人的仰慕。

不只如此，張貼在走廊的全年級成績前三十名優等生榜單好像每次都有她的名字，所以頭腦應該也很好吧。

雖然不知道運動方面如何，不過以她這種性格，即使運動細胞很差，感覺也反而會成為一種魅力。而且工作能幹，泡茶技術也很好。

（咦？這難道是所謂的無懈可擊嗎？）

平常和知名的完美超人艾莉莎走得很近，加上瑪利亞平常給人那種感覺，所以政近完全沒像這樣注意到她，不過重新思考就發現她也充分算是完美超人。

一旦認知到這一點，政近就神奇地感覺不太自在。

瑪利亞滿臉溫柔笑容，緩緩將茶杯送到嘴邊的不經意舉動，也令政近覺得強烈散發出迷人大姊姊的氣息。

（原來如此，這樣確實是聖母。感覺所有男生都會無條件化為正太……）

政近思考這種蠢事，想將注意力引導為阿宅走向，不過察覺視線的瑪利亞面帶微笑歪過腦袋，強行將政近的注意力拉回來。

瑪利亞明明只是以「怎麼了嗎？」的感覺投以溫柔的微笑，政近內心卻極度不安分。

這是一種不可思議的感覺。對於平靜的內心感到不平靜。

一個不小心的話，可能會變得像是在和熟悉的親人相處，毫無防備展露最真實的自己，所以不能掉以輕心。

明明覺得不能掉以輕心……但是看見瑪利亞溫柔的微笑，警戒或自制之類的心態差點就輕易瓦解……任憑自己置身在她周圍柔和又舒適的空氣之中……

「我們回來了。」

「……我們回來了。」

「啊啊～～艾莉、有希，歡迎回來～～」

此時，前去開會的有希與艾莉莎回到學生會室，瑪利亞的表情頓時變得軟綿綿的。到剛剛為止一直散發著的，充滿包容力的那股溫柔大姊姊氣息瞬間消散……位於該處的人，就只是一個超喜歡妹妹的棉花糖姊姊。

（慢著，這個落差是怎樣？）

過於急遽的鬆懈模樣，使得政近忍不住差點滑倒。

瑪利亞似乎不在意政近的反應，露出軟綿綿的笑容，走向存放餐具與紅茶的櫃子。

「兩位也要喝紅茶嗎？」

「啊，感謝款待。」

「……要。」

「好～～等我一下哦～～」

瑪利亞愉快哼著歌準備紅茶。政近以微妙眼神看著她的背影時，坐在旁邊的艾莉莎整個人連同椅子靠過來。

轉頭一看，艾莉莎不知為何坐在特別靠近政近的位置，以像是在問「有什麼意見嗎？」的眼神看向這裡。

「……什麼事？」

「沒有啦……是不是有點近？」

艾莉莎問完，政近率直反問，接著她瞥向另一側這麼說：

「……在俄羅斯，年輕女性坐在邊角座位會觸霉頭。」

「咦？是這樣嗎？」

「就是這樣。」

艾莉莎說完再度喀喀地移動椅子，坐在和政近手肘幾乎相觸的位置，然後以牽制般的眼神看向有希。

（慢著，就算這樣也太近了！而且那是什麼眼神！咦，修羅場？這是修羅場嗎？）

艾莉莎以一副有所提防般的模樣注視有希，而有希則以猜不透情感的優雅笑容看向艾莉莎。

感覺兩人之間在一瞬間迸出火花，政近不自在地想要離席……察覺這個舉動的艾莉莎，用力抓住政近放在椅面的左手衣袖。

身旁的女生在桌子底下抓住男生的衣袖，像是要求男生不要走。如果只聽到這裡，應該算是一種很萌的場面吧。

不過，說到實際處於這種狀況的政近心情……

（不要啊啊啊——！放開我啊啊啊——！這種氣氛我根本受不了啊啊啊——！）

心情上就像是劈腿對象的兩名女性不小心巧遇時的花花公子。政近想全力逃離現場。

（為什麼！為什麼變成這種狀況？瑪夏小姐救我～～！）

政近忍不住轉身向後，朝著正在泡紅茶的瑪利亞搭話。

「……艾莉剛才是那麼說的，實際上真的有這種迷信嗎？」

「有啊～？正確來說不是觸霉頭，據說是會比較晚結婚。」

瑪利亞說完之後，掛著喜孜孜的表情轉身，以閃亮的眼神注視艾莉莎。

「話說回來，艾莉居然會在意這種事……難道是找到想結婚的對象了？」

「……怎麼可能。只是一時興起。」

「咦咦～～？真的嗎～～？」

「好煩。」

「哎喲，艾莉真是的。」

瑪利亞鼓起臉頰，將臉轉回去。艾莉莎朝她一瞥，低頭看向自己抓住政近袖子的手，以真的很小的聲音低語：

【現在談結婚還太早。】

聲音真的很小。不過距離這麼近的政近聽得一清二楚。

（是啊～～因為才十五歲啊～～？總～～覺得她的說法怪怪的，不過照常理來想，結婚還太早吧～～？慢著，妳即使姊姊在場也會這麼說嗎！）

聽得懂俄語的姊姊就在身後，即使在這種狀況，艾莉莎的攻勢（？）也絲毫不減，政近對此感到戰慄。

此時，傳來瑪利亞將茶杯放在托盤上的聲音，艾莉莎迅速放開手。不久之後，瑪利亞端了艾莉莎與有希的紅茶過來。

「來～～艾莉，請先享用這個吧。」

然後，瑪利亞先在艾莉莎前方擺上小碟子……碟子裡盛滿果醬，還以為幾乎用掉一整瓶。

「……什麼事？」

「不，沒事……」

政近迅速移開視線，露出佯裝不知的表情，將所剩無幾的果醬加入紅茶。

以茶匙喀喳喀喳攪拌均勻，一口氣喝光。

（……嗯，果然是不同的飲料。）

果醬的比例好像多了一點，口腔殘留甜味使得嘴角扭曲。此時有希忽然開口：

「那個……請問更科學姊去了哪裡？」

「咦？啊……這麼說來，她什麼時候會回來？」

政近看向時鐘歪過腦袋，統也放下茶杯縮起脖子回應：

「茅咲去幫圖書委員的忙。總之……餓了應該就會回來吧。」

「慢著，她是小朋友嗎？」

政近不禁如此吐槽的瞬間，學生會室的門發出「砰」的聲音打了開來。

「我聞到好香的味道！」

「妳是小朋友嗎？」

茅咲眼神閃亮衝進室內，政近忍不住吐槽。

第4話 只有鮮奶油的味道啊？真的啊？

「好，今天就到這裡吧。一年級可以先回去了。」

「咦，可以嗎？」

「啊啊，我們二年級接下來要和老師談一些事。可能會拖比較久，所以你們別客氣先回去吧。辛苦了！」

「那麼……您辛苦了。」

政近與艾莉莎接受統也的好意，離開學生會室。有希好像要在學生會室等車子來接，所以回程只有他們兩人。

（好啦……該怎麼做？）

和艾莉莎並肩踏上歸途的政近，思考該怎麼開口。不是什麼特別的話題。他只是想趁現在討論接下來要怎麼準備明年的會長選舉。

不過，無奈上午發生過那種事，所以現在還有點尷尬。不只如此，艾莉莎和有希一起去和美術社開會之後就怪怪的。但是如果要問哪裡奇怪，政近也不知道該怎麼回答……

（絕對做了某些事吧……有希那個傢伙。）

從上次假日的樣子來看，艾莉莎似乎基於不太正面的意義被有希看上。大概是艾莉莎個性正經又不服輸，被有希當成捉弄起來很有趣的朋友……應該說玩具吧。

他輕易就能想像有希以淑女般的微笑隱藏惡魔般的笑容，巧妙以話語玩弄艾莉莎的光景。

（唉……總之，想這種事也沒用。）

見艾莉莎面有難色默默走在身旁，政近暗自嘆口氣，然後在看見熟悉的家庭餐廳時下定決心。

「啊啊～～艾莉？」

「嗯？什麼事？」

「方便的話，要不要進去坐一下？」

「咦……？」

政近指著家庭餐廳這麼說，艾莉莎睜大雙眼。

「啊啊，沒有啦，既然我們今後要一起以當選正副會長為目標，我想討論一下各種問題。」

「……啊啊。」

不過，政近接下來這段話使她立刻瞇細雙眼，以興趣缺缺的樣子回應。

「哎，好吧。」

「是嗎？那就進去吧。」

總之沒被拒絕，政近鬆了口氣，快步走向家庭餐廳，握住門把。

【原來不是約會啊。】

此時，他背後被捅了這一刀。

（唔咕！居……居然從背後暗算，太卑鄙了！）

政近在內心喊出武士被刺客襲擊時的台詞，抓緊把手支撐差點腿軟的身體，進入店內。在店員引導到四人桌，和艾莉莎相對而坐之後，暫且先點了飲料。

「那個……我要一杯咖啡歐蕾。」

「我要哈密瓜汽水與巧克力聖代。」

「！」

「……什麼事？」

「不，沒事……」

不是普通甜的巧克力聖代加上同樣甜膩的哈密瓜汽水，某方面來說近乎褻瀆的這種點餐組合，使得政近難掩驚訝。大概是察覺政近嚇到，艾莉莎略顯尷尬地辯解：

「是因為……我的頭有點累，得吃點甜食才行，不然腦袋不靈光吧？」

「啊啊，原來如此……啊，先點這些就好。」

問題不在甜食，在於餐點的搭配就是了。不過政近沒繼續追究，目送店員離開之後，在等待餐點送上的這段時間，他為了消除疑問，以客氣的語氣開口：

「那個……妳和有希，發生了什麼事？」

「……沒事。」

這句回應很冷淡，不過看她視線靜靜移開，很明顯發生了某些事。

（有希——！妳做了什麼啊啊啊——？）

政近在內心吶喊並且僵住表情，艾莉莎朝他一瞥，然後再度移開視線呢喃：

「沒事……我只是對她說要和你一起參選而已。」

「啊，是喔……」

絕對不只這樣吧？政近如此心想，卻猶豫是否該繼續追問。此時，至今只是不時瞥向政近的艾莉莎，露出像是下定決心的表情發問。

「欸。」

「嗯？」

「你……和有希同學在交往嗎？」

「怎麼可能。」

聽到艾莉莎偏離要點的這個問題，政近不禁一臉嚴肅地回答。這是當然的。不知道政近與有希是親兄妹的艾莉莎覺得這是正常的問題，不過從政近的角度來看，這是令他想要大喊「這是哪門子的美少女遊戲啊！」的奇怪問題。

「……不是嗎？」

「不是。絕對不是。」

政近一臉嚴肅如此斷言，艾莉莎為難般地眼神游移。政近看著她這張表情，嘆氣說下去：

「我不知道有希對妳說了什麼……不過我們就像是一家人。彼此之間完全沒有戀愛情感。」

「可是，有希同學她……」

「唉……我要趁這個機會說清楚，無論有希說什麼都不要太當真啊？那傢伙不是表裡如一的淑女。她是在捉弄妳讓妳慌張，從中獲得樂趣。」

「……」

艾莉莎露出不太能接受的表情，有所不滿般地看向政近。不過飲料與聖代在這時候上桌，所以政近結束這個話題進入正題。

「好啦……那麼，關於會長選舉那件事……」

政近喝一口咖啡歐蕾，看著正前方正在飲用哈密瓜汽水的艾莉莎雙眼說：

「我就先說吧。這樣下去，基本上不可能戰勝有希。」

「！」

政近明確地這麼斷言，使得艾莉莎眉頭一顫。她放下哈密瓜汽水，以犀利視線看向政近。

「……說得這麼斬釘截鐵啊。」

「因為是事實。有希就是這麼穩坐下任會長的寶座。」

即使承受艾莉莎的視線，政近也毫不畏懼地聳肩這麼說：

「說起來，學生會的一年級成員不足，基本上是很奇怪的一件事。往年會長與副會長的參選搭檔至少都有三組才對。事實上，國中部一年級的第一學期，包括我與有希共有六組，也就是十二名成員。」

「十二名？這麼多啊……」

「只不過，在選戰之前的討論就有半數退出，實際打選戰的只有三組。」

「討論？」

「啊啊，我說的是學生議會。對喔，妳轉學至今才一年……這部分也得說明才行嗎……」

學生議會。

學生之間發生某些問題，當事人經過協調也無法做個了斷時，或是普通學生希望學生會討論某個議題時，會在講堂舉行辯論形式的大會。

各方代表在大會上陳述意見，由觀眾投票表決。

在學生議會決定的內容，在場的所有學生都是證人，所以具備極大的強制力與執行力。

「比方說，昨天足球社與棒球社的協調會，如果無論如何都沒能達成共識，應該會拿到學生議會做個了斷吧。哎，小題大做到這種程度很容易留下心結……所以基本上都是當事人自己協調尋找妥協點，召開學生議會是最終手段。」

「原來如此……我知道偶爾會在講堂舉行某種活動，原來是這麼回事。」

「學生議會姑且是由學生會主辦哦？總之，直接參與的只有擔任議長的會長或是副會長，所以和我們沒什麼關係就是了。頂多就是收到申請的時候要處理文件那些。」

「這樣啊……所以這和會長選舉有什麼關係？」

「嗯？啊啊……如果是選戰的複數候選人召開學生議會，內情就不太一樣。」

複數候選人召開學生議會，大多是因為在學生會業務相關的意見有所對立。基於這個性質，所以也稱為「討論會」。

之所以這麼說，是因為各候選人彼此以意見交戰分出勝負之後，大多數的學生也認為優劣順位就此底定。

「包括人望或是說服力等等，一旦在討論會決定優劣順位，這個評價幾乎不可能被推翻。實質上是在選戰前就落選。哎，就這麼和駁倒自己的對手一起繼續處理業務，在心情上應該也不好受，所以討論會的敗者大多會離開學生會。」

「原來是這麼一回事……」

「依照慣例大多會像這樣互鬥，最後縮減到三組或四組候選人。總之，挑戰會長選舉的學生並不是都會加入學生會……即使如此，今年也明顯異常。」

政近加入之前，一年級的成員只有有希與艾莉莎。雖然某段時間也有其他成員加入，但是到頭來很快就辭職了。換句話說……

「大家都放棄了，覺得在會長選舉贏不了有希這個對手，有希就是這麼公認會當選下屆會長。」

「……」

「在這所學校成為學生會長的好處不用多說吧？實際上，學生會長這個頭銜的價值太高，據說數年前的選戰，背地裡有各種骯髒手段橫行——」

政近難得正經八百說明選戰的事。艾莉莎隱約懷著複雜心情注視這樣的他。

平常艾莉莎總是責備政近態度不正經，不過他從學生會的業務到現在一直保持這種正經態度，使得艾莉莎亂了步調，應該說亂了分寸。

不只如此，彼此單獨在家庭餐廳相處的這種狀況，政近看起來完全不以為意，這也令她覺得不是滋味。

（什麼嘛……一副若無其事的表情。）

原本就沒什麼朋友……應該說戒心很重的艾莉莎，像這樣單獨和異性進入餐飲店其實是她第一次的經驗。

進店前脫口而出的俄語，她也自覺只有這次是發自內心的話語。雖然主要是被瑪利亞灌輸的少女漫畫知識，不過艾莉莎內心認為「放學後被男生邀約進入家庭餐廳」＝「邀她約會」。

所以，像是應該坐在正對面還是旁邊，被其他學生看見該怎麼辦，或是坐在靠窗座位會不會被外面的人看見，明明艾莉莎意識到各種問題而心神不寧，實際上卻只有她一個人在意這些事。

（這是怎樣？他很習慣和女生待在家庭餐廳？是嗎？不只和有希同學，看來還有其他女生和他感情很好？）

回想起政近昨天回程和她握手時說的那些話，當時的怒火也同時復燃。

艾莉莎像是解悶般地飲用哈密瓜汽水，內心的陰霾卻遲遲不散。舌頭傳來粗糙的觸感，她連忙移開嘴巴一看，吸管不知何時被她咬到變得扁平。

她心想「難怪很難吸」接受這個結果，同時對於自己下意識的幼稚行為感到害羞。

「……不過好像也多虧這樣，所以現在可以打一場乾淨的選戰。」

正前方座位的政近依然繼續正經說明，但是艾莉莎不太能將內容裝進腦袋。即使心想他難得願意說明所以必須專心聽，卻總是無法在這時候集中注意力。

「唔～～這樣啊。」

「是啊，雖然當成代替品也不太對，不過候選人透過討論會的這種戰鬥——」

艾莉莎含糊附和，這次是將聖代送入口中。巧克力與香草冰淇淋的甘甜在口腔擴散之後，某種堅硬的觸感碰撞牙齒……艾莉莎察覺這次是咬到湯匙，連忙從嘴裡抽出來。

「艾莉？妳有在聽嗎？」

「！」

被政近以疑惑眼神注視，艾莉莎臉頰頓時發燙。平常告誡他的自己反過來被告誡，屈辱與羞恥的情感從內心湧現。

「我有在聽。只是稍微分心在吃聖代罷了。」

「……這樣啊，看起來確實很好吃就是了……」

政近勉強同意，投以像是在問「好吃到注意力都會被吸走嗎？」的視線，艾莉莎臉頰愈來愈紅。

（什麼嘛什麼嘛！追根究柢就是因為你這種態度，所以害得我也亂了步調吧！）

艾莉莎在腦中發洩這股過於惱羞成怒的不講理怒火，從政近的疑惑雙眼移開視線……在聖代映入眼簾的這時候，一個妙計（？）忽然浮現腦海。

（呵，呵呵，沒錯……既然他沒意識到這一點，就讓他意識到這一點吧！）

艾莉莎點燃了莫名的對抗心態，嘴角露出無懼一切的笑容，以惡作劇般的表情開口問道：

「……要吃一口嗎？」

「咦，不……」

「你不是說看起來很好吃嗎？不用客氣沒關係的。」

艾莉莎像是不以為意般地這麼說道，以湯匙舀起淋著巧克力醬的鮮奶油，就這麼遞向政近。政近對此也只能僵住了。

「來，請用。」

遞過來的這根湯匙，明顯不是要他用手接的高度。雖然沒說出決定性的那個字（啊），但是艾莉莎的意圖顯而易見。

（咦？這個餵食事件是怎樣？咦，慢著，剛才明明不是那種氣氛吧？我是什麼時候插旗的？）

正如艾莉莎的計畫，政近難掩慌張……但他慌張的形式比艾莉莎預料的還要令人遺憾。

「那個，不，我正常去要一根新的湯匙就好吧？」

「特地叫店員過來也過意不去吧？還要多洗一根湯匙。」

「不，可是……」

這是什麼羞恥遊戲？政近下意識向後仰，艾莉莎繼續將湯匙往前伸。

「好了，快一點…………這種程度，在俄羅斯很正常。」

「咦，真的？」

政近的俄羅斯知識主要來自電影與書本，並非在當地取得。因此政近腦中掠過一個想法。說不定俄羅斯的風俗民情，完全不在意間接接吻這種行為……

（啊，這擺明是謊言。）

政近的視線從湯匙移向艾莉莎，立刻做出這個判斷。因為艾莉莎雖然臉上裝出惡作劇般的表情……仔細看卻會發現她的耳朵與指尖逐漸變紅。她的皮膚原本就白皙所以非常明顯。

（說真的，她怎麼了……？既然會害羞就別勉強好嗎？）

事到如今政近反而變得冷靜，擔心更勝於害羞。政近的表情也清楚傳達這一點，因此艾莉莎也迅速冷靜下來。

（我在做什麼啊……）

艾莉莎一度冷靜之後，就對自己這個行動冒出強烈的羞恥心。全身變得火熱，感覺像是店裡所有人都在看她，頓時坐立不安。

不過，要是在這時候收回湯匙將會更加無地自容，艾莉莎自己也明白這一點，所以勉強維持表情伸出湯匙。

「快點……不然鮮奶油會融化吧？」

「啊，嗯……」

政近也隱約察覺艾莉莎現在應該是騎虎難下，所以放棄說服她。

（沒想到會在這裡發生間接接吻事件……但是沒問題。在瑪夏小姐那時候，我已經做好心理準備與情境模擬了！）

當時只是自己太早下定論，不過以狀況來說沒什麼兩樣。這種事情如果害羞就輸了，必須維持平常心，然後帥氣搞定！

（沒錯，只是從紙杯變成湯匙……只是變成湯匙……才怪！是湯匙耶？是艾莉放進嘴裡舔過的湯匙耶？這東西放進我嘴裡，已經不只是間接接吻，而是可以叫做間接深吻了吧！）

政近冷靜分析狀況，結果變得完全無法冷靜。視線下意識投向艾莉莎的嘴唇時，她剛好在這個時候開口：

「來吧，啊～」

艾莉莎終於說出「啊～」這個字了。她美麗的潔白牙齒與朱紅舌頭自然進入政近視野。

（唔喔喔喔喔——！別露出舌頭給我看啦！這樣很真實吧！也太真實了吧啊啊——！美少女連口腔都好漂亮真的是感謝老天爺！）

政近在內心抱頭打滾。然而不知道是男性本能還是什麼，政近就像是看見母鳥伸出鳥喙的雛鳥，回神的時候已經張開嘴巴。

「啊……啊～……」

湯匙立刻插入嘴裡。

政近反射性地閉上嘴巴，以上唇接下鮮奶油。

明明直到剛才都想盡量別碰到湯匙只以門牙挖取，這個念頭卻完全從腦中脫落。

（嗚呀喔喔喔喔喔——？間接深吻！就這麼間接深吻了啊啊啊——！順序是不是錯了？各方面的順序是不是搞錯了？話說順序是什麼鬼啊我這傻瓜——！）

政近在內心將腦袋撞在地面差點昏死。

此時，有希的幻影掛著心懷不軌的表情，以下流聲音說著：「嘿嘿，怎麼樣？快說說艾莉味道的感想吧？」一輕拍政近肩膀，總之政近一起身就反手朝她臉蛋賞了一拳。

這個妹妹即使是腦中的影像也很煩人。

「……好甜。」

「……是喔。」

政近過於慌張，吞下鮮奶油的時候說出單純至極的感想。不過艾莉莎也沒吐槽，靜靜收回湯匙。

（不對，反倒是這股氣氛更甜！……慢著，說真的這股氣氛是怎麼回事？）

明明直到剛才都在說正經事，為什麼變成這樣？話說這個狀況真的沒人看見吧？

政近慢半拍將視線掃向周圍……看向窗外的瞬間，一道熟悉的背影不禁令他眨了眨眼睛。

（那是……谷山？）

政近在內心納悶，不過艾莉莎輕咳的聲音拉回他的注意力。

政近重新面向正前方，艾莉莎抬起頭，以凜然表情筆直注視政近。

「所以，綜合這些要素來考量……你認為該怎麼做才能戰勝有希同學？」

即使認知嚴苛的現狀，依然努力向前的堅定眼眸。在逆境之中更加耀眼奪目的靈魂光輝，使得政近不禁睜大雙眼……

（不對啊啊啊——不行不行！一臉正色問我「你認為該怎麼做才能戰勝？」也沒用！在這股氣氛下切換成嚴肅模式也太勉強了吧艾莉！）

政近在內心盛大吐槽。不過他同樣想試著消除這股奇妙的氣氛，所以決定不說出來，配合她的話題討論下去。

「唔唔……當然只能走另一條路線了吧。」

「另一條路線？」

「是啊，從正面硬碰硬也沒有勝算。所以要改變進攻方式，以不同於有希的方向性，向學生爭取選票。」

「……具體的做法呢？」

聽到艾莉莎這麼問，政近回應「這個嘛……」看向四周整理思緒。

「就和偶像的人氣投票一樣……為了戰勝絕對王者，只能努力成為得到眾人支持的存在。」

「……什麼意思？別說什麼支持不支持……說起來，大家就是因為想支持才會投票吧？」

「沒有啊？這可不一定。會長選舉基本上是人氣投票，不過和粉絲自行取得投票權的偶像選舉不一樣，全校學生是被強迫賦予投票權……這麼一來，對於會長選舉沒什麼興趣的學生，大多只會投給『安全牌』，也就是令人安心信賴又擁有實績的前國中部學生會長。實際上，我在上一屆的會長選舉也是正常投給前國中部會長……得知最後是別人當選的時候嚇了一跳。」

「也對……聽你這麼說就發現，劍崎會長在國中部並不是學生會幹部吧？」

「是啊，前國中部學生會長與副會長如果在高中部繼續搭檔參選，聽說當選機率約七成。能在這種狀況勝出，劍崎會長果然很厲害……至於當時會長做的事情，就是製作一部能夠獲得支持的故事。」

政近率直稱讚統也之後，從書包抽出一疊紙。

這是學校新聞社發行的校園新聞，去年分的影本。政近拿起其中一張，指著某處。

「這裡有一個小小的專欄吧？」

「……這是什麼？〈劍崎統也，邁向學生會長之路：第五集〉？」

「沒錯，當時其中一名新聞社社員，覺得原本是劣等生的劍崎會長參選會長很有趣，跑去採訪他。會長自己好像也為了維持競選的動力，因此答應以真實姓名製作這個專欄。」

「是喔……總之，只要想到有人在看就無法鬆懈了吧。」

「是啊。採訪的新聞社社員，剛開始應該也有一半的心態是想看好戲吧……不過隨著集數增加，會長的外表明顯改變，成績也變好，總覺得像是真實的成功故事，讀者也慢慢站在會長那邊，最後甚至成功當選了。」

「製作一部獲得支持的故事，原來是這個意思嗎……？換句話說，要讓周圍學生看見自己辛勞或努力的樣子？」

「真是佩服妳理解得這麼快。就是這麼回事。」

自己的搭檔這麼聰明，政近滿意露出笑容，將咖啡歐蕾送到嘴邊……他的注意力從剛才就一直集中在別的地方。

（所以，那根湯匙要怎麼處理？）

就是剛才用來「啊～～」的湯匙。

現在放在艾莉莎手邊的紙巾上，不過巧克力聖代還剩下一半以上，而且再不吃的話，冰淇淋差不多要融化變形了。

艾莉莎究竟是真的沒發現，還是假裝沒發現……

反觀艾莉莎，正在認真閱讀政近準備的校園新聞影本……表面上是這樣，其實她的注意力集中在別的地方。

（這根湯匙怎麼辦？）

……兩人思考的事情一模一樣。

艾莉莎剛才基於自己也搞不懂的對抗心態做出「啊～～」的行為，但在冷靜下來的現在，她害羞到內心快要死掉了。

仔細想想，早知道剛才「啊～～」之後就應該順勢吃掉聖代。若無其事利用湯匙捉弄一下臉紅心跳的政近就好，卻因為莫名其妙放下湯匙，如今愈來愈不敢伸手去拿。

（都是因為……久世同學像那樣大口含在嘴裡……也稍微顧慮一下吧，下流！）

艾莉莎強烈推卸責任，視線向下瞥向湯匙……上面清楚留著條紋狀的鮮奶油痕跡，她驚慌移開視線。

（久……久世同學的……嘴唇碰過的痕跡……痕痕痕痕跡痕跡跡跡～～～？）

內心陷入恐慌的艾莉莎頭昏眼花。此時政近以略顯猶豫的聲音搭話。

「啊啊～～……那個，不好意思，我可以點一些東西吃嗎？」

「咦？」

艾莉莎眨了眨眼，政近看向周圍，露出害羞與苦笑各半的表情。

「聞到食物的香味之後，總覺得肚子餓了……沒吃早餐果然撐不住。」

「啊啊……我不介意。」

得到艾莉莎的同意之後，政近打開菜單。翻閱內頁找到想吃的東西之後，按鈕呼叫店員。不久之後，一名女店員前來。

「讓您久等了～～」

「啊，我可以點餐嗎？」

「好的，請說。」

「那個……香煎培根菠菜、正統四川麻婆豆腐，然後白飯一碗與涼水……兩杯。」

「好的～～香煎培根菠菜、正統四川麻婆豆腐，一碗白飯以及兩杯涼水是吧？」

「嗯，順便請問一下……這道麻婆豆腐可以加辣嗎？」

「可以啊？」

「咦，可以嗎？」

艾莉莎像是忍不住般地如此吐槽，接著害羞縮起脖子，店員朝她一笑之後看向政近。

「有兩倍、三倍、五倍，最多十倍，請問您要選幾倍？」

「十倍大概多辣？」

「這個嘛……」

此時店員悄悄環視周圍，稍微壓低聲音說：

「老實說，非常辣。我也試吃過，但是吃一口就到極限了。我覺得肯定會吃壞肚子。」

「吃壞肚子嗎……真讚。」

「哪裡讚？」

艾莉莎一臉正經吐槽，不過被政近當成耳邊風。

「那就十倍。」

「知道了～～十倍是吧，請問點這些就好嗎？」

「不，還有……幫我換湯匙。」

政近以視線朝艾莉莎手邊的湯匙示意之後這麼說，店員也沒貿然追問就點點頭。

「知道了。那麼請稍候。」

目送店員回到廚房之後，艾莉莎不滿般地朝著擺好菜單的政近開口：

「明明沒關係的。」

「妳說湯匙嗎？我會害羞啦。雖然在俄羅斯或許很正常，但是對於日本的男高中生

來說太刺激了。」

「啊，是喔……」

艾莉莎像是很勉強般地點頭回應，忽然露出挑釁的笑容。

「這種程度就慌張，你出乎意料地純真耶。我一直以為你很熟練應付女生。」

對她體貼卻被這麼說，政近也眉頭一顫出言反駁。

「就我來看，反倒是不敢相信妳面不改色做得出這種事。間接接吻在俄羅斯很氾濫嗎？」

政近露出僵硬的笑容說完，艾莉莎不悅地皺眉不發一語。沉默片刻之後，她一臉不滿低語：

【只會對你這麼做啦，笨蛋。】

恭喜政近先生，你榮獲艾莉小姐第一次的間接接吻，太棒了！

（謝謝……我今天會死掉嗎？）

腦中突然響起這段廣播，政近眺望窗外若有所思。此時，剛才的店員拿著新的湯匙過來。

「抱歉久等了～～這個就幫兩位收走哦？」

「啊，好的……謝謝。」

艾莉莎接過新的湯匙，政近就這麼若有所思地勸她吃聖代。

「好啦……快點吃掉吧。不然會融化吧？」

「……也對。」

艾莉莎率直點頭，心一橫將杯裡微妙傾斜的聖代推倒，從上層的鮮奶油到下層的玉米碎片都攪拌在一起之後送入口中。默默享用數分鐘吃光之後，合掌說聲「我吃飽了」以紙巾擦嘴。

「話說回來……你吃的份量好多。」

「嗯？……啊啊。」

政近瞬間歪過腦袋，察覺艾莉莎以為他剛才點的料理是解饞用的，所以釐清誤解。

「沒有啦，今天我想在這裡解決晚餐。」

「……我剛才也在想，不用通知家裡一聲嗎？你父母不是會為你準備飯菜嗎？」

「不，我家人現在不在家。」

「啊，是喔……」

其實在單親父子家庭的久世家，飯菜基本上都是政近做的，父親工作不在家的時候，也大多是自己開伙。

「反正只有我一個人，回家之後再下廚也很麻煩。」

嚴格來說，有個妹妹會無預警來襲討飯吃，不過剛發生那種事，今天應該是不會來才對……所以政近決定不思考這個問題。

「下廚……咦，你會做菜？」

艾莉莎露出打從心底感到意外的表情，政近聳了聳肩。

「簡單的菜色沒問題。不過我做的都是俗稱的懶人料理或是速成料理，所以做不出什麼大菜啊？」

「就算這樣，我也很意外。還以為你會嫌做菜很麻煩所以不做。」

「哎，我不否定。」

實際上，政近並不是喜歡下廚，單純是因為在各方面會比較舒適才這麼做。

政近剛上國中的時候，大多是早上吃前一天買的鹹麵包，中午去學校餐廳，晚上則是吃超商便當，但是過了一個月之後，首先是鹹麵包吃膩了，每天外出購物老實說也很麻煩。某天他心血來潮挑戰電視介紹的速成料理，發現外出購物的時間和自己開伙加上洗碗盤的時間差不了多少。

而且父親不在家的日子，會給政近一天兩千圓的餐費。沒用完的分會成為自己的零用錢，所以自己開伙也可以存錢。政近只是考慮到各種優缺點而選擇自己開伙。

「這麼說的妳又怎麼樣？艾莉，妳會做菜嗎？」

這個完美超人，廚藝應該也有某種程度的水準吧。如此心想的政近隨口詢問，然而……

「……」

艾莉莎默默移開視線。政近察覺了。

「也是啦，高一就會做菜的傢伙是少數派吧。」

「並不是不會啦……只是會花比較多時間。」

「啊啊……妳難道是切菜的時候會小心仔細切成同樣大小與粗細的那種人？」

「總之，就是這樣。還有，像是材料有沒有均勻受熱，或是調味料有沒有以正確的分量與濃度均勻分布，我無論如何都會在意……」

「那不就會焦掉嗎？」

「……」

大概是被說中，艾莉莎一臉尷尬拿起哈密瓜汽水飲用。

很像是完美主義者艾莉莎的作風，政近掛著苦笑接受這一點。做菜的正確性很重要，但是俐落度更加重要。以政近的狀況來說，訣竅在於只要掌握到重點就可以馬虎到某個程度，不過完美主義者艾莉莎應該無法這樣「馬虎」吧。

「……那也沒辦法啊，因為我就是會在意。像是瑪夏做得那麼隨便，我一看到就忍不住想插手……」

「啊～～就某方面來說，我很能想像這幅光景。」

腦中浮現瑪利亞掛著一如往常軟綿綿的笑容，將食材與調味料接連投入平底鍋的模樣，政近笑著覺得她很可能這麼做，卻也認為姊姊和妹妹相反，會因為過於馬虎而搞砸料理。

「但是不知為何，她做出來的料理很好吃……」

「那她單純是廚藝很好吧～～」

看來瑪利亞小姐的廚藝意外地好。

（真的假的，那個人真的無懈可擊耶。）

事到如今才出現「瑪夏小姐的規格其實比妹妹優秀」這個說法，政近按住額頭。大概是這個動作令艾莉莎感到尷尬，她搖手回到正題。

「總之這部分暫且不提。所以具體來說，要製作什麼樣的故事？」

「咦，啊啊……說得也是。剛才說到哪裡？」

「說到想要像劍崎會長那樣，製作可以得到學生支持的故事。」

「啊啊，對喔……」

艾莉莎像是重整心情般地回到正題，政近也端正表情切換思緒。

「總之，妳剛才也說過，首先得讓大家看到努力的模樣。具體來說……是在第一學期的結業典禮。」

「第一學期的結業典禮？難道是學生會幹部致詞？」

艾莉莎看起來心裡有數，政近也點頭回應。

「沒錯。名義上是『本屆由這些成員服務喔～～』的學生會上任場面。」

「記得在那之後，基本上不會加入新幹部？」

「嗯。往年幹部在第一學期很容易變動，但在這場致詞之後，即使有人離開也不再收人。而且……對於我們一年級幹部來說，這次致詞也是表明參選會長的場合。」

「聽你這麼一說，去年也是這種感覺……」

艾莉莎回憶國三那時候的往事點頭回應，政近以嚴肅表情告知。

「這是第一次在全校學生面前發表政見的演講。重要程度不必我多說吧？」

「說得……也是……」

艾莉莎也再度露出嚴肅表情沉思。她暫時低頭像是在思考某些事，卻忽然露出有所不安的表情瞥向政近。

「……致詞的時候應該說什麼？」

艾莉莎輕聲向搭檔求助，不過政近果斷回應。

「說妳想說的就好。以自己的話語率直表達想法，這樣也比較能夠傳達給觀眾。」

「什麼嘛，完全不給具體的建議？」

難得求助卻被敷衍回應，艾莉莎不滿皺眉。政近對此聳了聳肩。

「不需要貿然做些什麼，妳現在的這種表現就充分可以獲得支持了。話語不足以表達的部分由我來輔助，妳按照自己的想法開口就好。」

政近不經意這麼說。聽到這段話……

「啊，是喔……」

艾莉莎就只是感到害羞。不滿的表情頓時變成嬌羞表情，一副心神不寧的樣子游移視線。然後她以手指把玩髮梢，開口欲言又止，稍微思索之後以俄語輕聲問。

【……哪種表現？】

艾莉莎心神不寧頻頻看過來，以俄語央求「稱讚我一下啦」，政近不禁眼神渙散。

（就是這種表現啦，混帳！太可愛了吧！）

政近在內心自暴自棄般地抱怨時，剛才點的料理上桌了。

「請問您的餐點都來了嗎～～？」

「都來了。」

「好的～～那麼請慢用～～」

政近目送店員之後瞥向艾莉莎，明白意思的艾莉莎催促說「請用」。

「那麼不好意思……我開動了。」

政近有點客氣地合掌說完，首先享用白色盤子上的香煎培根菠菜，當成前菜迅速吃完之後輪到主菜，將薄鐵鍋裡沸騰燉煮的麻婆豆腐拉到面前。

軟爛得恰到好處的白色豆腐，裹滿像是岩漿的紅黑色芡汁，沒吹涼就送入口中。

「喔……以家庭餐廳來說還滿敢挑戰的嘛。」

刺痛牙齦的這種辣度，使得政近滿意點頭。艾莉莎皺眉看著他這副模樣。

「……那個好吃嗎？」

「嗯？還不錯。要吃吃看嗎？」

說完之後，政近心想「啊，糟了」。

只有自己一個人用餐的不自在感覺，加上剛才被餵食聖代，政近才會脫口這麼問，不過仔細想想，這不是艾莉莎能吃的辣度。

然而一度說出口的提案也不方便收回……政近如此猶豫時，前方的艾莉莎也在猶豫。

老實說，艾莉莎不想吃這種明顯危險的食物。但是如果這時候說自己不吃，自己其實不喜歡吃辣的祕密可能會曝光。

（水還有，哈密瓜汽水也還有一些。沒問題，只吃一口肯定沒問題。）

確認手邊飲料（回復物品）的殘量之後，艾莉莎下定決心。

「那麼，只吃一口。」

「啊啊～～嗯……ＯＫ。」

精準猜到艾莉莎想法的政近，假裝自己沒察覺，朝小盤子伸出手。

至少多給她一些豆腐吧，如此心想的政近將湯匙插進去……然後挖到了紅色炸彈。

「咦，真厲害，居然放了一整根辣椒耶。」

「！」

政近將挖出來的鮮紅凶器舀在湯匙上，瞥向艾莉莎……發現艾莉莎的眼神變得像是幼犬。稍微溼潤的藍色雙眼對他說「我不要，我不要那個」。看見這雙眼睛……政近的內心出現天使與惡魔。

不知為何是小小瑪利亞外型的天使，像是溫柔勸誡般地開口：

『不可以喔，不能對艾莉那麼做。這樣不乖。』

另一方面，同樣不知為何是小小有希外型的惡魔，以卑劣的語氣煽動般地開口：

『咕嘿嘿，動手吧老哥。我知道哦？艾莉含淚的雙眼，其實讓你暗爽在心裡吧？』

天使的勸告、惡魔的誘惑。暴露在這兩種相反的情感之下，政近咬緊牙關。

（唔，我……我……！）

政近的手頻頻發抖，內心糾結應該要將手上的凶器拿起來還是放下去……如果只看這段，很像是在戰場上糾結是否要舉槍射擊，不過實際上只是辣椒。感覺像是在家庭餐廳搞笑。

『做出欺負女生的事情，我不以為然喔。久世學弟應該——』

『少礙事！』

『呀啊！』

內心的小有希狠狠撞過去，小小的瑪利亞「哎～呀～」地被撞飛了。一秒定勝負。天使與惡魔的戰鬥力差距懸殊。

（原諒我，艾莉。）

政近在內心謝罪，將靈魂賣給自己體內的惡魔。

「好，那就給妳最好吃的部分。」

「……謝謝。」

我正在做一件非常殘忍的事。

政近掛著爽朗笑容置身事外般地這麼想，將小盤子遞給艾莉莎。艾莉莎從桌子邊緣的筷盒取出筷子，毅然決然將豆腐送入口中……放下盤子閉上雙眼。

「……怎麼樣？」

「……還不錯。」

艾莉莎面不改色這麼說。但是政近察覺了。她放在桌面交握的雙手微微顫抖，以右手拚命克制隨時會撲向飲料的左手。雖然察覺……

（抱歉了，艾莉。）

政近在內心說出像是情非得已背叛朋友的角色台詞，露出開朗的笑容。

「艾莉……主菜還留著喔。」

「……」

一瞬間，艾莉莎露出女生不該露的眼神，但是政近假裝沒發現。

在這張笑容催促之下，艾莉莎鞭策自己，將留在小盤子上的辣椒放入口中，然後以右手摀嘴深深低頭。

「……艾莉？」

【笨蛋。】

對於政近的呼叫，艾莉莎以虛弱的俄語回應。

【笨蛋，笨蛋。】

藏起表情，就這麼哽咽重複罵著笨蛋。不知道是在罵政近，還是在罵賭氣的自己……

「總之先喝水比較好吧？對吧？」

【笨蛋……】

政近終於反省自己太惡劣而出言關心，但艾莉莎就只是一直罵著笨蛋。結果在這之後沒能繼續討論，政近迅速吃完餐點，等待艾莉莎回復之後走出家庭餐廳。

「……看來剛才討論了好久。」

「……是啊。」

艾莉莎走到天色變暗的戶外這麼說，政近心想「妳只是一直死在座位上吧」，伴隨著罪惡感移開視線。但是他沒後悔。平常倔強的艾莉莎聲音哽咽的模樣，其實令政近大為心動。想罵我是該死的殘酷混蛋就儘管罵吧。

「這麼說來……有希同學要怎麼做？」

「咦？」

突然提到這個預料之外的名字，政近抬頭一看，艾莉莎掛著有點尷尬的表情看他。

「你想……既然你和我一起參選，有希同學也需要新的搭……副會長候選人吧？」

「……啊啊。」

政近察覺艾莉莎改口之前要說什麼，裝作沒聽到點了點頭。艾莉莎狠狠瞪了他一眼，有所不滿般地繼續說：

「你剛才也說過，在第一學期的結業典禮，學生會的成員會固定下來吧？必須趁現在找到副會長候選人才行吧？」

「哎，以那傢伙的狀況，她自己的人氣就很高，和誰搭檔都沒差就是了……」

畢竟當年即使是幾乎沒沒無聞的我和她搭檔都能當選……政近補充這句之後聳了聳肩。不過身旁的艾莉莎欲言又止般地看過來，政近尷尬搔抓腦袋。

「說得也是，那傢伙交遊廣闊，應該會適當挑個人選吧？」

政近這麼說完，也重新思考有希的搭檔將會是誰。

「正常來想應該是前學生會成員吧……唔～～……」

此時，腦海自然浮現剛才看見的少女背影。

「我想想……要是她帶谷山來參選，那就很棘手了……」

「谷山？她是誰？」

「谷山沙也加。國中部那時候，直到最後都和有希爭奪學生會長寶座的傢伙……咦？妳不認識？」

「不認識。」

艾莉莎搖搖頭，政近皺眉歪過腦袋。

政近一直以為，先前加入學生會沒多久就辭職的數名女學生之中也包括谷山。

（那個傢伙……放棄成為會長了嗎……？）

想到昔日一起致力於學生會業務……後來在會長選舉敗北的少女，苦澀的回憶在政近內心甦醒。

「久世同學？」

「啊啊，沒事……總之最近就會知道吧？知道是誰之後再思考就好。」

「說得……也是……」

艾莉莎露出有點懷疑的表情點頭。政近也切換思緒，回憶當年國中部學生會的成員，猜測有希會選誰來搭檔。

不過，這個疑問的正確答案，遠比政近預料的還早出現。這是隔天放學後發生的事。而且有希帶來的這名學生……不是前學生會幹部。

「綾乃。」

「是，有希大人。」

站在學生會室門口的有希說完，在她斜後方待命的女學生回應這聲呼喚，無聲無息向前。

然後，這名女學生雙手併攏端正鞠躬，依序看向坐在座位的五名學生會幹部，以毫無抑揚頓挫的聲音自我介紹：

「各位初次見面。我是一年C班的君嶋綾乃。接下來會擔任學生會總務和各位共事。請各位不吝批評指教。」

掛著完全不變的表情流利說完之後，她再度端正鞠躬。

這種機器人般的言行舉止，使得學生會成員露出不同程度的為難神情，各自打招呼回應。

「久世同學？」

「……」

在這樣的狀況中，完全出乎預料……卻看得出有希肯定會認真競選的這名人物登場，使得政近露出嚴肅表情。他甚至沒有餘力回應艾莉莎的聲音，皺眉定睛看著綾乃。

此時，綾乃突然轉頭，正面注視政近的雙眼。

然後她首度讓眼睛隱約浮現情感，靜靜開口：

「同為總務，今後請您多多指教……政近大人。」

君嶋綾乃。她是服侍有希的隨從……也是政近昔日的隨從。

第5話 大一點是好事

「好～～午休了～～政近、光瑠，你們要吃什麼？我今天先買好了。」

「哇，真稀奇。」

「老是吃學校餐廳也會膩啊～～」

「我今天有帶便當。」

「啊，是嗎？那我也去福利社買點吃的回來吧。」

「啊啊～～我也去買個飲料就好。」

政近在走出教室時和光瑠道別，朝著校舍一樓的自動販賣機踏出腳步。

不過，快要走到階梯的時候，背後忽然有個聲音叫他。

「政近大人。」

就在身後傳來的這個聲音嚇了政近一跳，但他立刻猜到是誰，故作鎮靜轉過身來。

「綾乃……有什麼事嗎？」

身後是昨天加入學生會的君嶋綾乃。她是有希的隨從，對於政近來說，基於某種意義堪稱是真正的兒時玩伴。

「抱歉突然打擾了。請問方便借點時間嗎？」

綾乃端正鞠躬為剛才的冒犯道歉，看不出情感的雙眼隔著長長的瀏海凝視政近。

「……我知道了。找個沒人的地方比較好嗎？」

「謝謝。請跟我來。」

綾乃似乎已經找到可用的場所，她靜靜走到政近前方，就這麼開始帶路。

（這傢伙還是一樣很像忍者。）

政近注視她筆直的背部暗自低語。之所以這麼說……在於綾乃即使以世間普遍的觀點來看擁有足以稱為美少女的容貌，存在感卻稀薄到驚人的程度。直到清楚聽得到她絕對不算大的聲音，都完全不會察覺她已經靠得這麼近。

……不對，別使用「存在感薄弱」這種籠統的說法吧。只是因為她所有動作幾乎都不會發出聲音，又是在周圍人們移開視線的瞬間行動，所以沒注意的話不會察覺她的動作。一個回神就會消失，一個回神又出現在身旁。

（哎，不過她本人也沒有惡意，所以不方便說些什麼……）

綾乃並不是想嚇人而這麼做。她天生就是沉默寡言，行動無聲而且面無表情。說起來，綾乃幾乎不會主動找別人說話，所以沒有嚇人不嚇人的問題。即使是交情已久的政近，被綾乃主動搭話也是難得的經驗。

「請進。」

綾乃在某間空教室前面停下腳步，沒發出聲音就打開門（明明是拉門為什麼做得到這種事就不得而知），邀政近入內。

政近受邀進入教室之後，綾乃再度無聲關上門，打開電燈，然後走到政近面前再度鞠躬。

「本次感謝政近大人撥出寶貴的時間──」

「啊啊，這就免了。正題是什麼？」

「恕在下失禮了。那麼──」

綾乃抬起頭，筆直注視政近。臉上一如往常沒有表情，眼神卻有點嚴厲。

「在下聽有希大人說了。政近大人要和九条大人一起參選。請問這件事情是真的嗎？」

「……嗯。」

政近點頭之後，綾乃瞬間看向下方……她再度抬起視線時，雙眼隱藏冰冷的光芒。

「這次的事件，惹得當家大人非常不高興。」

「！」

綾乃告知的情報使得政近倒抽一口氣。綾乃說的「當家」就是政近與有希的外公，周防家現任當家。

「拋棄周防家的政近大人，像這樣妨礙有希大人到底是怎麼回事……這麼說的當家大人看起來非常生氣。」

「……」

對於政近來說，這絕對沒什麼好意外的。把周防家的面子看得比任何事物還重要的外公，當然不樂見政近本次做出這種決定。

有希是周防家的繼承人，她的菁英之路居然被昔日拋棄周防家的政近妨礙。外公想必不會原諒吧。

政近非常明白這件事。明明早該預料到會變成這樣……為什麼沒想到這個問題？

（臭老頭……）

政近暗自朝著記憶中的外公咒罵。

說起來，政近與有希對外維持兒時玩伴的設定，就是基於外公的意向。政近對此只能撂下「無聊」兩字，不過以外公的角度來說，原本的繼承人政近拋棄周防家的這個事實，對於周防家來說似乎是醜聞。因此政近離家的時候有一個條件，必須保證從今以後絕對不洩漏自己和周防家有血緣關係。

政近沒有遵守這個約定的道義，但是如果惹外公不高興，不滿的矛頭會指向留在周防家的妹妹。

正因為明白這一點，所以為了親愛的妹妹，政近至今都遵守和外公的這個約定，乖乖遵照外公的意向行事。

「所以呢？妳被派來打聽我真正的用意？」

「……不，這是在下自己的意願。」

「啊？」

政近一直以為是外公的命令，聽到綾乃這麼說之後揚起眉角，露出深感意外的表情，綾乃以冰冷眼神正經八百說下去：

「為主人清除路上的障礙，也是隨從的職責。在下身為有希大人的隨從，如果有人和主人敵對，必須揣測對方的真正意圖。」

「這麼忠心耿耿，妳是武士嗎？」

即使說得像是在消遣，政近的聲音也毫無侮蔑或嘲笑的感覺。雖然她的用詞誇張，不過隱含在其中的意志毫不虛假。正因為知道這一點，所以政近也挺直背脊。

（為什麼……嗎……）

然後他重新審視自己的行動。和艾莉莎一起參選，和有希打對台。正常來想，久世政近不可能做出這個決定。不惜激怒外公，和親愛的妹妹敵對，自己到底想得到什麼？名為「副會長」的榮譽？政近對這種東西沒興趣。他只是……無法扔著艾莉莎不管。到頭來只是這個原因。

政近沉思時，綾乃向他投以責備般的眼神。

「在下……一直相信一件事。」

「政近大人……絕對不會做出害得有希大人悲傷的事。這份信任……難道是錯的嗎？」

「……」

綾乃透露苦澀的這個聲音，使得政近感到難過。面前的少女為了敬愛的主人自願扮黑臉，他對此感到難過。

政近很清楚，乍看面無表情的這名少女，其實和有希一樣是深情又善良的人。她做不出怪罪或譴責他人的行為。只要攻擊別人，自己也會受到同等的傷害。她就是這麼善良的一個孩子。

這樣的她忍受著痛苦展露敵意。這個事實令政近悲傷無比。而且他知道原因在於自己而悶悶不樂。

（我應該……更早補救才對。）

政近細細品嘗這份後悔，改為鄭重的表情，以最大的誠意面對綾乃。筆直注視她的雙眼，秉持毫不虛假地真心告知自己的意志。

「我並不是為了和有希敵對而參選。是決定和艾莉一起參選……結果必須和有希敵對，如此而已。」

「這……」

政近的誠實話語撼動綾乃的雙眼。但她立刻再度以犀利視線追問：

「無論順序為何，政近大人和有希大人敵對的事實沒有改變。對於政近大人來說，和九条大人一起參選是這麼重要的事嗎？不惜背叛、傷害有希大人也必須這麼做嗎？」

「對。」

面對刻意使用重話的這段追問，政近毫不猶豫地肯定……綾乃這次真的被撼動，雙眼隱含困惑與哀戚。政近真摯地繼續說下去：

「原因……我也不知道。但我還是要這麼做。我要以我的全力協助艾莉當選學生會長。我和她做了這個約定。」

「是基於某種……特別的情感嗎？政近大人對九条大人——」

「不是。」

關於這個，政近可以斷言。自己之所以協助艾莉莎，絕對不是因為戀愛情感。那麼究竟是為什麼……政近自己也不清楚。就這麼不曉得動機，只做出這個決定。

「我是基於自己的意願決定這麼做。和有希無關。也沒想過周防家會怎麼樣。」

「……」

「所以……幫我轉告外公。不要拿這次的事情責備有希。有什麼意見直接來對我說。」

「……遵命。」

聽到政近這番話，綾乃稍微睜大雙眼顫抖身體，深深鞠躬。然後她就這麼低著頭發問：

「最後想請問一件事。政近大人，您對有希大人的情感……至今也沒有改變嗎？政近大人將有希大人視為什麼樣的人？」

「對我來說，有希是這個世界上最重要的人。這份情感沒有改變。」

政近毫不猶豫地斷言，垂下眉角向綾乃提出一個請求。

「所以……拜託了。我知道現在的我沒道理這麼說……不過請妳扶持那傢伙吧。」

「……遵命。在下很高興能聽到政近大人的心聲。」

綾乃就這麼以長瀏海隱藏表情這麼說，接著轉身面向背後的門。

「謝謝您撥出寶貴的時間給在下。那麼恕在下告辭。」

然後她在門前鞠躬，離開教室……以往她明明都會先等政近離開的。

「害她失望了嗎……」

政近覺得開著的門像是在表達綾乃的心情，愁眉苦臉自言自語。

（哎，光看狀況的話，我只像是說出「那個傢伙沒有我就不行，但妳如今沒有我也沒關係了吧？」這種話的移情別戀，差勁透頂的人渣吧……但我確實是人渣就是了。）

政近在內心自嘲，抓亂瀏海往上撥。

「雖然早就知道了……可是好難受。」

從小一同長大的少女展現的敵意，比預料的還要狠狠挖痛政近的心。

自己的行動傷害了和自己關係最密切的兩名少女。這個事實折磨著政近的心。

即使如此，他卻神奇地沒有後悔。決定和艾莉莎並肩前進的意志沒有動搖。雖然沒有動搖……內心還是感到消沉。

「唉……」

政近在嘆氣的同時低下頭，甚至忘記買飲料的這個目的，有氣無力地回到教室。

「啊，回來了。等等……你的飲料呢？」

「咦？啊啊……」

聽到毅這麼問，政近才終於想起剛才走出教室的目的，但是已經提不起勁再去買飲料。應該說連食慾本身都完全消失了。

「哎，反正有水喝就好。」

「嗯？是嗎？」

政近搖晃從家裡帶來的水壺之後，毅也像是察覺某種端倪般不再追問。此時光瑠拿著鹹麵包回來，將自己的課桌轉過來要和政近併桌。

「……正常借用艾莉的座位就好吧？畢竟她本人不在。」

政近朝著特地從遠處搬自己椅子過來的毅這麼說完，毅看向孤零零空著的靠窗最後排座位苦笑。

「老實說，我想坐坐看艾莉公主的座位，不過總覺得會被殺掉所以算了。」

「你也太誇張了。」

「不對，不是被艾莉公主……是被班上同學啊？」

「……原來如此？」

確實，即使不會被殺，或許也會被男同學們懷抱親切之意輪流惡整。尤其在這所學校，各人的課桌右邊角落貼著名牌，所以一看就知道是誰的桌子。

一整年使用同一張課桌，學生自然會好好珍惜學校公物……校方似乎是這個目的，不過就某方面來說，也因而不方便以輕鬆心態借用其他學生的課桌。

（也是啦，要是視野一角總是看得到女生的名字就會靜不下心。）

政近接受毅這個說法，打開便當盒。

「……那是什麼？」

「The☆昨天的剩菜剩飯。」

「這我看了就知道。」

政近的雙層便當，上層擺著一塊塊漢堡排，下層塞滿白飯。上層是褐色，下層是白色。搭配漢堡排的花椰菜是最起碼的點綴……不過有點乾癟。

「總之，看起來確實很好吃吧？」

「不過感覺明顯是男人的料理。」

「慢著，確實是男人的料理啊？」

政近朝著苦笑的兩名好友聳肩。這兩人知道政近家是單親父子家庭，所以政近也沒特別在意，合掌準備享用。

「我開動了。」

「我開動了。」

「我開動了～」

三人異口同聲說完之後開始用餐。不過……政近依然對剛才那件事念念不忘，沒什麼心情吃飯。完全是以機械化的動作，淡淡將筷子送到口中。

大概是看著這樣的政近感覺到某些事，毅忽然從剛才裝超商便當的塑膠袋取出漫畫雜誌。

「欸欸，你們看這個。這週當期的寫真照，是『Bloo♡ming』的全體合照耶！」

毅有點興奮提到的這個名稱，是現在人氣暴漲中的十二人偶像團體。平常不會被這種話題釣到的光瑠，大概從政近的態度察覺到某些事，這次也難得搭腔。

「最近也常在電視上看到。我一直以為她們走清純路線，原來會拍泳裝照啊？」

「聽說這次是成員們第一次齊聚一堂。喔，真的假的？這女生的衣服底下這麼有料……」

毅看著比基尼泳裝的女生照片，露出不檢點的色瞇瞇表情。

「政近，你主推誰？」

「不，老實說，我對偶像完全不熟。雖然知道這個團體名稱，卻完全不知道成員姓名。」

「別說得像是大叔好嗎……那你喜歡哪個藝人？女星還是偶像都好，說說看吧。」

「沒有啦……我不會特別成為哪個藝人的粉絲。不過有喜歡的藝人就是了。」

「咦咦～～？……那麼，比方說配音員呢？有沒有喜歡哪個女配音員？」

「我對配音員沒什麼興趣……」

「什麼嘛。那麼光瑠你呢？」

「你覺得我會喜歡閃耀刺眼到進入演藝圈的女生嗎？」

對於毅的問題，光瑠輕輕露出昏暗的笑容。

不是「閃亮奪目」而是「閃耀刺眼」，這種評語表達出光瑠對藝人抱持的印象。兩人完全沒勁的這種反應，使得毅不滿大喊：

「真是的～～你們這是怎樣啦！是男人的話都有吧！都會喜歡一兩個名人吧！」

「哎喲，就算喜歡，又不會因此有機會交往……」

「真要這麼說的話，二次元角色不是也一樣嗎？」

「話是沒錯，不過如果是二次元角色，我們可以透過男主角模擬談戀愛的感覺。」

「要是你喜歡沒能和男主角結為連理的女配角怎麼辦？」

「毅……在這個世界上，有一種叫做『同人誌』的方便本子……」

「喂，你才十六歲。」

「沒人說是十八禁的本子吧！」

政近面不改色回應毅的吐槽。此時，掛著昏暗笑容的光瑠也出言同意。

「一點都沒錯……既然是二次元的角色，那就不會背叛吧……？」

「喂，光瑠你怎麼了？現在是闇瑠嗎？闇瑠人格顯現了嗎？」
「光瑠……說來遺憾，最近連二次元都有很多橫刀奪愛的情節耶？」
「政近你別再說了！」
「女人……果然是禍害……！」
「怎麼說出像是復仇者的台詞？」
「你以為是誰害的？」
被毅賞了一個白眼，政近終於反省自己惡搞過頭，刻意讓聲音開朗一點。
「不過，這確實是男人的夢想吧。像是私底下和人氣偶像交往之類的。」
「喔……喔喔，果然會這麼想吧！」
「大家的偶像其實卻是我一個人的女友，這樣真棒。」
「我懂！這種優越感很讚吧？」
兩人熱烈討論不可能成真的妄想。大概是因為政近跟著炒熱話題所以心情大好，毅重新打開漫畫雜誌遞向政近。
「所以……你喜歡誰？純粹只看外表就好。」
「唔～～這個嘛～～」
政近翻起內頁，不過該說是男人本性還是奶子星人的本能，看泳裝照的時候果然會注意到女生的特定部位。毅大概是察覺這一點，也咧嘴露出笑嘻嘻的表情。

「果然喜歡波霸年長組嗎？我個人覺得同年代的年少組也ＯＫ，但是泳裝的話果然……」

「那當然吧？有男人能抵抗這股魅力嗎？」

「沒錯。哎，因為女生的胸部裝滿男人的夢想與浪漫啊！」

「只是普通的脂肪塊啊？」

「闇瑠請不要說話～～」

政近對於兩人的互動稍微露出苦笑，然後將漫畫雜誌朝向毅。

「總之，如果問我喜歡這裡面的誰，這個女生——」

政近指著一名女生抬起視線……察覺毅與光瑠掛著「啊」的表情看向他身後。緊接著，有一陣冰涼的寒氣吹到他背上。

政近藉此瞬間猜到現狀……就這麼看著前方全力拍馬屁。

「……雖然我選她，不過啊～～！因為我平常旁邊就坐著超級美少女，所以老實說果然相形失色對吧～～！」

「沒收。」

「為什麼？」

背後伸出一隻手拿走雜誌，政近發出哀號。視線追著雜誌一看，艾莉莎以凍原般的眼神俯視政近。她看向手上的雜誌，說出充滿侮蔑的呢喃：

【骯髒。】

「呃，嗯……雖然我不懂俄語，卻隱約知道被狠狠鄙視了。」

「真巧啊，毅。我也是。」

「哈哈哈……」

毅與政近露出僵硬的笑容，光瑠置身事外般地苦笑。

不過艾莉莎犀利一瞪，過於強大的魄力使得毅與光瑠迅速移開視線縮起脖子。

「久世同學……好歹也是學生會一分子的你，覺得這種東西可以帶進學校嗎？」

「不，那個……嚴格來說，帶進來的是毅……」

「那你就勸告他吧。」

「是。」

艾莉莎冷到骨子裡的聲音，使得政近和毅與光瑠一樣縮起脖子。

充滿侮蔑之意俯視難堪畏縮的三個臭男生之後，艾莉莎嘆了一大口氣，將漫畫雜誌放在桌上。

「那個……您願意高抬貴手還給我們？」

「不准誤會。我只是不想拿著那種東西。」

「不，封面與寫真頁面確實有點那個，不過除此之外的內容都是極為健全的雜誌啊？」

「熱烈討論不健全部分的人沒資格這麼說。」

「唔，嗚……說得也是。」

艾莉莎不屑說出中肯至極的回應，政近低聲語塞卻還是接受了。艾莉莎以傻眼表情罵他一句「笨蛋」後，坐到了自己的座位上。

「（好了，在艾莉改變心意之前快點收好。）」

「（啊啊……慢著，你什麼時候變成學生會幹部了？）」

「（啊～～……昨天。）」

「（我怎麼沒聽說？發生了什麼事？）」

「（哎，發生了各種事……）」

三個臭男生不經意壓低聲音，匆忙開始行動。艾莉莎瞥了他們一眼，像是傻眼般地托腮轉頭看向窗外。

她回想起政近剛才喊出的那句話。明知只是為了隱瞞偷帶雜誌的行為而說出客套話，依然感覺背上逐漸發燙。

【真的是笨蛋。】

艾莉莎像是要掩飾這股熱度般地低語。和這句話相反，政近感覺她散發的氣息變得柔和，暗自鬆了口氣。不過……

「嗯？光瑠你怎麼了？」

聽到毅這麼問，政近抬起視線一看，光瑠正目不轉睛地看著毅準備收好的雜誌封面。

討厭女生的光瑠反常這麼做，讓政近與毅都歪過腦袋。接著，光瑠指著封面上的其中一名女生開口。

「沒有啦……政近剛才選的女生，叫做什麼名字？總之不管名字，但我覺得仔細看的話會發現很像九条學姊。」

這一瞬間，政近感覺一道視線刺在左臉頰。暫時變得柔和的鄰人氣息，一瞬間變得和冰柱一樣堅硬銳利又冰冷。

（喂──！光瑠你說這什麼話啊！）

瞥向身旁，看得出艾莉莎就這麼面向另一邊，隔著窗戶玻璃往這邊瞪。這道視線引得政近猛然冒冷汗，在內心慘叫。

他掛著僵硬的笑容說「不……不對，應該沒這回事吧？」想帶過這個話題，不過毅聽到光瑠的話重新檢視封面，在點頭的同時落井下石。
「聽你這麼一說，確實很像。」
（喂——！毅你也看一下氣氛吧！）
政近在內心吐槽，但是因為不像剛才是暴風雪肆虐，而是冰柱單點集中插在政近身上，所以兩人看起來完全沒察覺，熱烈聊了起來。
「對吧？像是髮型還有氣息……褐色頭髮跟褐色眼睛也很像。」
「而且年紀比我們大。什麼嘛，政近，原來九条學姊那種類型是你的菜？」
兩人聊得愈是熱烈，就有愈多冰柱接連插在政近臉頰。不過這當然只是想像。
（慘……慘了……要是這時候答錯，感覺我會吃不了兜著走。）
生物的求生本能劇烈敲響警鐘，政近結結巴巴地反駁：
「不，並不是我的菜……何況瑪夏小姐已經有男友了。」
「換句話說，她沒男友的話，你就會追？」
「慢著，『瑪夏小姐』？你什麼時候改用暱稱加小姐叫她的……一下子走得這麼近？」
（你們兩個為什麼只在這個時候默契十足啊！）
若要問原因，是因為政近平常鮮少對現實中的女性感興趣。

校內頂尖美少女艾莉莎與有希，政近真的只視為普通朋友對待，好友們暗自覺得「這傢伙該不會真的只對二次元感興趣吧？」而擔心。

這樣的政近鬧出緋聞……即使不到這種程度，卻也是出現三次元女性相關的話題，這兩人在安心的同時也稍微興奮起來。

不過對於政近來說，這不只多管閒事更是一大麻煩。

「不不不，真的只是湊巧。如果問我會不會這麼看待瑪夏小姐……」

政近情急之下說到這裡，卻無法在最後斷言「不會」。因為說來可惜，他想得到的事蹟實在太多了。

多到讓政近的良心忍不住警告「慢著慢著不准說這種漫天大謊」阻止他。

「……不，總之，嗯。我從來沒想過要和她交往。」

政近明顯在逃避，毅與光瑠的眼神變得溫馨。

順帶一提，艾莉莎的視線加入輕蔑之意。哎，既然有男人用想入非非的目光看待自己的姊姊，任何人都會這麼做吧。

【禽獸。】

俄語的臭罵深深插入政近的心。既然無法反應當然也無法反駁，所以真的很惡質。

「那個，改問那件事吧。你沒想過和周防同學交往嗎？雖然經常這麼說，不過兒時玩伴果然不會成為戀愛對象嗎？」

毅維持溫馨眼神提到有希名字的瞬間，明顯感覺到艾莉莎的氣息變了。

政近感受著與剛才不同意義的刺在臉頰的視線，不是回想起有希，而是回想起綾乃來回答。

「不會。應該說……根本不會想到把她當成這種對象看待。啊，話說在前面，我絕對不可能和有希交往啊？」

「之前也聽你這麼說過，但是為什麼？」

因為是兄妹。因為我們同父同母，千真萬確是親兄妹。

這就是一切的答案，但是政近不能公開這個內幕，只能含糊一笑。毅像是無法理解般地搖了搖頭。

「我不懂……那種水準的美少女，而且舉止端莊個性又好，明明是現代難得一見的完美清純型大小姐吧？」

「啊，嗯……」

政近差點反射性地詢問「這是誰」，將這句話吞回肚子裡。

實際上，如果不知道有希滿腦子阿宅想法的真實樣貌，只看過有希在校內的大小姐模式，難免是這種感想。

……但政近知道有希的真實樣貌，所以聽到這種評價時只能正色否定。

不過，即使對方是好友，政近也不能擅自揭露有希的本性，所以這時候要適度搪塞。

「她這個大小姐的身分啊……市井小民高攀不起。」

「啊啊～～……哎，嗯。」

「可是如果這麼說，這所學校的女生都很難追吧？打聽之後得知其實是社長千金，這種事好像見怪不怪。」

「哎，是沒錯啦……總之要交往的話，我會選擇自己更匹配得起的對象。不過前提是真的想找對象交往。」

「只是學生之間的戀愛吧～～？需要考慮這麼多嗎？」

「匹配得起……也就是中等家庭嗎？」

「哎，我想想……出身中等家庭，然後……談得來？可以像是朋友那樣交往的對象……」

政近自然在腦中回想起「那個女生」，沒深入思考就這麼回答。

【換句話說，像……像我這樣？】

（不是吧？）

回憶場面突然插入這句俄語，政近在內心做出像是閻瑠的反應。

掛著嚴肅表情往旁邊一看，是莫名用力擺出托腮姿勢的艾莉莎背影。

仔細看會發現她微微發抖，仔細聽會察覺她像是哼歌般地繼續以俄語呢喃。政近連忙豎耳聆聽……然後雙眼逐漸翻白。

（「說出來了，說出來了！呀～～討厭啦～～！」這話是怎樣？偷笑的表情透過窗戶被我看得清清楚楚耶？暴露狂的行徑也要適可而止吧？是那個嗎？俄羅斯人比日本人更容易有話直說嗎？如果是俄語就會直接把想到的事情說出口嗎？……怎麼可能。）

艾莉莎托腮的右手手指陷入臉頰，嘴角微微抽動。不知道是沒察覺政近的視線，還是雖然察覺但是表情無法復原所以不敢轉頭……無論如何，總覺得相當可悲。

「政近？怎麼了？」

「啊啊，沒事……我想想，還有……」

毅的聲音引得政近再度回憶，浮現腦海的是那個女生的笑容。即使臉部細節模糊，依然讓人不覺莞爾的那張可愛笑容，使得政近不禁發笑。

「笑容可愛的女生果然很棒。」

說出這句話的瞬間，政近腦中那個女生的笑容，被前幾天艾莉莎展露的笑容取代。

（不對不對，這是怎樣？）

政近連忙消除這個想像，以餘光觀察當事人的反應……

「……」

他看見的是完全僵住的艾莉莎背影。真的像是聽得到啪嘰聲般徹底變得硬梆梆。映在窗戶玻璃的表情也無須多說。

「喔～～笑容可愛的女生啊～～」

「哎，笑容確實很重要對吧？不管是男生還是女生，眼睛不會笑的人或是只會微笑的人，果然給人難以親近的感覺。」

「唔，嗯……是啊。」

政近也能理解光瑠的意見……不過看到光瑠的話語引得艾莉莎背部頻頻顫抖，他實在不方便贊同。

（別再說了，艾莉躺著也中槍了。）

光瑠應該沒有惡意……不過客觀來看，「眼睛不會笑的人」以及「只會微笑的人」完全是平常的艾莉莎。

不，從政近的角度來看，艾莉莎算是經常露出笑容的，雖然眼睛不會描繪弧度，眼睛深處依然確實在笑……不過艾莉莎本人似乎沒這個自覺。

「可……可是啊，平常不太笑的這種人要是甜甜一笑，看起來反而充滿魅力吧？感覺是一種反差萌。」

政近出言緩頰，毅與光瑠也說「啊啊～哎，確實沒錯」點頭。不經意覺得艾莉莎縮起來的背脊稍微打直了。

「不過，只有這一瞬間容易親近，很快就變得難以靠近了。」

「就是這樣。平常的態度果然很重要吧。」

不過，光瑠與毅接下來這段話又令她立刻萎縮。

（住嘴啊！我剛緩頰怎麼就打臉啊！這會慢慢生效的，會慢慢對艾莉的身體生效！）

政近忍不住迅速將臉湊向兩人，以視線朝艾莉莎示意的同時輕聲說：

「（喂，你們稍微體貼一點吧，艾莉會受傷的。）」

「（咦？九条同學？）」

「（不……艾莉公主不會在意這種事吧？）」

會在意。非常在意。真要說的話稍微快哭出來了。因為映在窗戶玻璃的臉蛋，基於和剛才不同的意義緊閉雙唇，從微笑變成像是在忍受某種情感的表情。

【沒關係啦……我有朋友，所以沒什麼關係啦。】

而且不知為何開始說得可憐兮兮。

老實說，這副模樣也打動政近的心，應該說不免覺得「啊啊，這就是反差萌」。不過同情與歉意更是刺痛他的胸口。

「（總之打個圓場吧，打圓場。不然下午之後的課，就算空氣一直凍結也無所謂嗎？）」

「（唔，我可不要這樣……）」

「（說……說得也是……）」

得到兩人同意之後，政近坐在自己座位開口要說話，卻被毅以視線制止。

『政近，這裡交給我來。』

『毅……你行嗎？』

『交給我吧。』

『……知道了。』

兩人以眼神溝通，相互微微點頭。接著，毅充滿自信露出笑容，然後大聲這麼說：

「不過啊，艾莉公主這樣的美少女不會在意這種事！」

「「有夠爛！」」

直接又過分到驚人的這種說法，使得政近與光瑠異口同聲吐槽。但是毅只露出「咦？怎麼了？」的表情感到不解。

看見這張令人火大的表情，政近想給他一個勸告……一個透心寒的聲音搶先響起。

「喔～～原來如此……你是這樣看我的啊。」

「艾……艾莉……」

政近慢慢轉頭看向聲音來源，艾莉莎直到剛才差點掉淚的表情已消失無蹤。

她掛著令人發毛的冰冷表情，以完全感受不到溫度的雙眼看向這裡。被這雙視線定住，毅似乎終於察覺自己說錯話，身體一顫之後僵住。

「真是對不起啊？我是只有臉蛋可取，冷漠又不可愛的女生。」

「啊，沒有啦，不到那種程度……」

「剛才的雜誌，我還是沒收吧？」

「咦？不，這……」

「交出來。」

「……是。」

毅屈服於艾莉莎的壓力，乖乖交出漫畫雜誌。艾莉莎一把搶過來，粗魯坐回座位。

教室的氣氛無預警凍結，政近與光瑠以白眼刺向毅。

「你這混蛋。」

「所以你才交不到女友。」

「好過分！」

充斥寒氣的教室裡，迴盪著完全是自作自受的男人的悲哀慘叫。

◇

時間稍微倒回……和政近說完話的綾乃，沿著走廊走向樓上的空教室。不發出腳步聲，也盡量不進入他人的視野範圍，在走廊來往的學生之間穿梭前進。她宛如河面上漂流的樹葉般，迴避著岩石滑順前進。沒引起任何人的注意抵達目的地之後，輕敲教室的門三下。

「請進。」

「打擾了。」

綾乃開門一看，有希在沒開燈的微暗教室等待。

「和哥哥談完了？」

「是的。」

「這樣啊……所以，滿意了嗎？」

聽到有希這麼問，綾乃回憶剛才和政近的對話……眼中隱含柔和的光芒。

「是的……政近大人果然是在下敬愛的政近大人。」

「是嗎？那就好。」

綾乃先前難得展露出對於政近的不信與不滿，但是好好談過之後，她的眼神變得舒坦。有希見狀也安心了。

綾乃平常表情毫無變化，但她面無表情的這個特徵是後天造成，情緒並非鮮少起伏。有希知道她反而對他們倆兄妹懷抱非常強烈的情感。綾乃對政近的誤解冰釋之後，有希也放下內心的大石頭。

「裡面好暗。在下現在就開燈——」

此時，綾乃想打開門邊的開關，但是有希制止了。

「啊，不用開燈沒關係。」

「……是嗎？」

「嗯。我不想貿然引人注目，而且更重要的是……」

有希停頓片刻，看向斜下方撥起瀏海，以帥氣表情赫然睜大雙眼。

「暗一點……比較帥氣。」

「……對不起。關於這方面的『美』，在下還不太理解。」

「無妨無妨，今後繼續學習就好。」

去。

「不好意思。」

對於有希單純的耍帥發言，綾乃也正經八百回應。有希大方點頭，重新催她說下

「所以……哥哥怎麼說？」

「是。政近大人說……他和九条大人搭檔參選的意志沒有改變。」

「我想也是。然後呢？」

「然後……要在下轉達當家大人這段話。『這次的事件和有希無關，有什麼意見直接來對我說』。」

「喔，這可不得了……」

有希正確猜到這段話是政近對她的一種關懷。她只在瞬間驚訝睜大雙眼，接著咧嘴一笑。

「真敢說耶……所以哥哥也是認真的。」

有希露出隨時要吹口哨的表情，打從心底愉快一笑，綾乃一臉正經點了點頭。

「是的。如此美妙的氣魄，使得在下的子宮不禁顫抖。」

「呃，喔。這樣啊，顫抖了嗎？」

「是的。」

綾乃毫不害臊般地面不改色點頭，有希的笑容變得僵硬。

「那個……為求謹慎問一下，綾乃妳……並不是喜歡哥哥吧？」

「如果是戀愛情感的意思，那麼正如有希大人所說。如同敬愛有希大人，在下也同樣敬愛政近大人，但是沒有懷抱戀愛情感。」

「啊啊，是喔……」

「完全沒有『想成為女友』這種傲慢的想法……只要願意將在下當成工具使喚，在下就心滿意足。」

「妳只是普通的斗M吧？」

綾乃超乎常理的這段發言，使得有希忍不住給個白眼吐槽。

政近對於綾乃的評價沒錯。事實上，綾乃是個深情又善良的少女。這部分正確無誤。

只是……綾乃對於兩位主人的過度敬愛加上自己的性癖好，使得她內心某部分「想被教做人的願望」強烈到破表。

光是被政近或有希命令，內心某部分就略感歡愉。

不過綾乃本人認為這是純粹的忠誠心使然，所以甚至引以為傲。

實際上，綾乃現在似乎也不知道為什麼有希賞她白眼，詫異歪過腦袋。

「不好意思，在下才疏學淺……請問『斗M』是什麼意思？」

「咦？啊啊，意思是才高八斗的女僕（Maid）。簡稱『斗M』。」

「謝謝。這是在下的榮幸。今後在下也會專心致志成為了不起的斗M。」

「喂，妳說了很恐怖的事情耶。」

有希以不帶情感的語氣說完，綾乃緩緩眨眼後發問：

「對喔……在下忘記轉達最後一件事。」

「嗯？什麼事？」

「政近大人是這麼說的。有希大人是他在這個世界上最重要的人。這份情感沒有改變。」

「喔，唔……」

聽到綾乃這麼說，有希表情突然嚴肅，匆忙跑向操場那邊的窗戶。她拉開窗戶，輕輕吸一大口氣——然後停止呼吸。

「有希大人？請問您怎麼了？」

「……」

有希沒回答綾乃這個問題，就這麼抓著窗框沉默片刻，然後「噗哈～～」吐氣。

「好險……我差點就在校舍正中央呼喊對哥哥的愛了。」

有希擦拭嘴角關上窗戶，一副無可奈何般地搖了搖頭。

「呼……真是的，受不了我那個可愛的哥哥。」

有希笑嘻嘻這麼說完，像是要甩開全身的害臊情緒般地用力靠在牆邊。

雙手抱胸，後腦勺貼著牆壁仰望天花板，像是咀嚼字句般地低語：

「話說回來……原來如此，即使綾乃追問也不為所動嗎……」

「是的。雖然政近大人關心有希大人，但是參選的意志似乎堅定不移。」

「這樣啊，哥哥是認真的嗎……呵呵，認真要和我一較高下？」

明明心愛的哥哥選擇敵對，有希的聲音卻是打從心底感到開心。

「不錯耶～～事情變得有趣了吧？老實說，如果只有艾莉同學，她根本不是我的對手。」

有希說得傲慢，但是綾乃也同意這個說法。

「說得也是……雖然只是簡單調查，不過即使如此，一年級學生也大多猜測有希大人會當選。至於九条大人……老實說，似乎給人『不認識國中時代周防會長的轉學生在做魯莽的事』這種印象。」

「啊哈哈，說得這麼無情啊。也是啦～～實際上支持我的基本盤穩到不行……好啦，哥哥打算怎麼顛覆這個狀況呢？」

有希眼睛閃閃發亮，嘴角上揚一笑。這張笑容強烈到甚至可以形容為猙獰。
「您看起來很開心。」
「確實很開心喔。因為可以和那個天才……和周防家的神童認真對決耶？當然不可能不開心吧？」
有希背部離開牆壁，像是跳舞般地張開雙手。
「至今我做什麼都贏不了的那位哥哥，即將和艾莉同學這個強力搭檔一起挑戰我。我好興奮。這才是值得一戰的對手。好吧，我會全力打倒他們！」
有希握緊雙拳如此宣告之後，視線朝向綾乃。
「綾乃，我要妳幫忙。這是為了讓哥哥認真拿出真本事。」
「遵命。請容在下盡棉薄之力協助您。」
對於主人的要求，綾乃也在雙眼隱含強烈的光芒如此回應。
有希對此滿意一笑，然後背對綾乃，朝著窗戶方向「呼～～」地吐出一口氣。
「話說綾乃……」
「有希大人，請問有什麼事？」
綾乃微微歪過腦袋，有希轉頭隔著肩膀看她……掛著帥氣的表情詢問：
「現在的我，是不是超像最後大魔王？」

Иногда Аля внезапно кокетничает по-русски

第6話 御宅族應該都會嚮往一次

「J一對。」

「呼呼呼，我是葫蘆。」

「！」

放學後，在學生會室舉辦了政近與綾乃的歡迎會。

首先前往菜色其實很少但晚上也有開的學校餐廳，早早就簡單吃完晚餐之後，移動到學生會室以零食與飲料舉辦歡迎會，現在則是分成兩組各自增進交流。留在辦公區座位的是政近、統也與茅咲。另外四人移動到會客區的沙發座位玩撲克牌。不過實際在玩的只有艾莉莎與有希兩人。

歡迎會剛開始的時候，兩人隱約散發尷尬的氣息（應該說是艾莉莎單方面抓不到和對方的距離感），不過在有希積極搭話之下逐漸融洽相處，如今一起和樂玩牌。

「……蓋牌。我不跟了。」

「哎呀，是嗎？其實我是散牌，剛才虛張聲勢果然是對的。」

「咦？」

「哎呀哎呀艾莉，真可惜耶～～」

兩人是以每人領到一袋的零食當賭注玩牌……不過果然是經驗上的差距吧，有希目前大幅領先。艾莉莎袋子裡的零食已經有八成左右移動到有希手邊。

瑪利亞看著戰局露出軟綿綿的笑容，艾莉莎像是洩憤般地瞪向她。反觀綾乃一如往常面無表情，就這麼在艾莉莎與有希中間平淡發牌。說來驚人，她很自然地熟練擔任發牌員。隨從能力真是了得。

「以前玩牌的時候我就在想……這種桌上遊戲果然是周防技高一籌。」

和茅咲並肩觀戰的統也這麼說，政近也同意這個評價。

「哎，該說不愧是外交官的家系嗎……那種心理戰是有希的拿手領域。」

「唔～～……這也是原因之一，不過單純是艾莉學妹太好懂了吧？」

「更科學姊……您居然說出我藏在心裡不敢說的感想！」

茅咲一針見血的這個評價，使得政近無力趴在桌子上。

「咦，啊……總覺得很抱歉。」

「不，總之沒關係啦……畢竟艾莉確實完全無法維持撲克臉。」

「你說話也毫不留情耶，久世。」

「沒有啦，因為……對吧？」

政近將手放在椅背轉身一看，從綾乃那裡拿到牌的艾莉莎剛好眉角上揚，緊閉嘴唇。

她思考數秒之後強勢下注，卻立刻被有希雙倍加注而蓋牌。順帶一提，兩人都是散牌，不過牌面是艾莉莎比較大。

「……既然露出那種表情，當然會被看穿技術很差吧。」

「九条妹意外地會將表情寫在臉上。原本以為她的情感起伏比姊姊平淡得多……嗯，這麼一來，或許九条姊的表情比較難以解讀。」

「啊啊……確實沒錯。」

看著露出軟綿綿笑容守護比賽結果的瑪利亞，政近也點了點頭。此時茅咲掛著苦笑同意。

「我和她的交情已經一年多了……不過老實說，我猜不透她的想法。基本上她確實是給人『聖母』這種感覺的好孩子，不過有時候總～覺得她的言行不可思議。」

「……她有一種獨特的感性對吧？」

「應該說……少根筋？」

「居然說出我藏在心裡不敢說的感想！」

茅咲再度說得毫不留情，政近差點滑倒。統也看著這樣的政近愉快一笑。

「久世，你的反應真不賴。」

「哈哈……話說回來，會長為什麼用那種方式稱呼艾莉與瑪夏小姐？」

「嗯？」

「沒有啦，就是『九条妹』與『九条姊』……」

「啊啊……」

對於政近的疑問，統也摸了摸下巴，咧嘴露出笑容回應：

「該怎麼說……這樣不是很帥嗎？感覺像是大人物。」

「……咦？是這個理由？」

過於出乎意料的這個理由，使得政近不禁做出最真實的反應。不過統也變得有點消沉，所以他連忙打圓場。

「啊，沒有啦！我覺得很帥！不錯耶！名字加上兄弟姊妹的這種稱呼方式！我可以理解！只不過，那個……我沒想到您會以這麼正經的表情回答。」

「啊啊，嗯。這樣啊……你願意理解嗎……」

聽到政近這麼安撫，統也輕咳一聲重新振作。此時茅咲露出笑嘻嘻的表情打岔。

「嘴裡這麼說，其實只是不好意思直接叫女生的名字吧～？」

「唔，嗯……總之，好像也有這個原因？」

「居然有嗎？」

被女友點出來的統也視線游移，政近忍不住吐槽。接著，統也以正經到不必要程度的表情向政近開口：

「正常以暱稱稱呼那對九条姊妹的你，反而令我難掩驚訝之意。」

「請您不要說得好像是有溝通障礙的陰角好嗎……」

「久世……別忘了。我直到一年前都是不敢和女生好好說話的該死陰角啊？」

「這麼說來也對喔！」

「統也的陽角資歷還算短吧～～？當時花了好久才敢直接叫我的名字耶～～？」

「說得也是。反正我不打算直接以名字稱呼其他女生，所以沒問題。」

「唔……幹嘛突然這麼說啦，討厭！」

「哈哈哈……妳遮羞打得太用力了，太用力了！」

統也按著頻頻被茅咲肘擊的側腹，露出忍痛的笑容。此時綾乃無聲無息站在他們兩人身後。

「更科大人，請問需要來點飲料嗎？」

「唔哇！」

背後傳來聲音，茅咲誇張顫抖肩膀轉過身去，看向綾乃露出僵硬的笑容。

「啊……啊哈哈……妳消除氣息的手法好驚人。居然能從背後暗算我，真的很厲害耶？」

「您是哪門子的劍豪嗎？」

「不，久世，茅咲真的是劍豪啊？不過真要說的話應該是拳豪。」

「聽起來充滿世紀末的感覺。」

政近以讀稿般的語氣說完，為茅咲倒完飲料的綾乃像是觀察他般地歪過腦袋。

「不，我不用了。飲料還有剩。」

「這樣啊。劍崎大人呢……？」

「嗯？啊啊，謝謝。那就給我一杯吧。」

承受綾乃的視線，統也喝光杯子的內容物，將見底的杯子遞給綾乃。綾乃倒飲料給他。明明是碳酸飲料，卻幾乎沒倒出氣泡，堪稱技術了得。

「謝謝。話說回來……妳真的很厲害。聽說妳是周防的隨從，行動不發出聲音也是身為隨從的技能嗎？」

「是的，在下是向爺爺奶奶學來的。」

「喔？」

「會長，綾乃的爺爺是有希外公的祕書，奶奶是有希家的幫傭。」

政近這段說明，引起統也與茅咲的興趣。

「哇，原來如此。那麼妳的父母也是？」

「不，在下的父母是上班族。」

「咦？是嗎？」

「是的。在下成為有希大人的隨從，是崇拜爺爺奶奶而自願這麼做，不是我家的家業。」

「是喔～～……順便問一下，妳是從什麼時候開始當隨從的？」

聽到茅咲這麼問，綾乃表情不變，只有視線向上方游移。

「這個嘛，雖然沒有明確從什麼時候開始……不過在下決定成為隨從，記得是小學二年級左右的事。」

「不會太早嗎？」

「在下就是這麼崇拜爺爺奶奶……而且，政……正好有希大人是很適合的一位主人。」

「這樣啊。」

雖然中間出現不自然的停頓，不過統也與茅咲沒特別在意，點頭回應。

「綾乃，過來一下。」

政近稍微皺眉招手，綾乃乖乖來到他身旁，然後對於剛才差點失言輕聲道歉。

「（對不起，政近大人。）」

「（不，總之這部分妳有察覺就好……可是，那個……）」

「（……？）」

妳已經不生氣了嗎？政近原本想這麼問……卻在看見綾乃筆直的視線之後將話語吞回去。

因為她的雙眼清楚寫著「敬愛」兩字。午休時的冰冷視線消失得無影無蹤，如今完全是忠誠心ＭＡＸ的眼神。

（這傢伙不太妙，眼神完全是認真的……？為什麼？到底是在哪裡提升好感度的？）

明明不記得提升過，好感度與忠誠度卻達到ＭＡＸ，政近在內心抱頭……此時統也回到原本的話題。

「所以，行動不發出聲音是隨從的禮貌嗎？避免害得主人分心……是這個意思？」

「是的。爺爺奶奶經常吩咐在下，身為傭人必須注意讓自己成為空氣。」

「……嗯？這好像不是這個意思吧？」

對於茅咲這個疑問，政近在內心贊同。

實際上，綾乃爺爺奶奶的真正用意不是這樣。消除氣息的行為本身確實沒錯，不過正確的意思是「要注意別讓主人意識到隨從，打造出主人感到舒適的環境」。不過……幼年時期的綾乃直接從字面解釋這句話。「原來如此，要當空氣是吧！」這樣。

而且在那之後，綾乃徹底成為空氣。最初開始學習慎重又小心地行動以免發出聲音時，爺爺奶奶說著「喔呀喔呀，是在學我們嗎？」「哎呀哎呀，真可愛的侍女小姐耶」微笑守護，不過綾乃不知何時連表情都不再變化，當兩人覺得「咦？好像怪怪的？」的時候……已經來不及挽救了。

總之，孫女被植入微妙錯誤的概念，爺爺奶奶向兒子與媳婦，也就是綾乃的父母道歉。不過綾乃本人看起來很滿足，加上當時罹患輕度廚二病的有希說「面無表情的侍女好可愛！」非常喜歡她，所以父母也沒能多說什麼。

而且在那之後，綾乃也繼續走在有點偏差的侍女之路……直到現在。她目前希望將來成為有希的祕書，不過最近隱身能力過度強化，達到令人以為她想成為女忍者的領域。

「啊，綾乃，也可以給我飲料嗎～～？」

「恕在下失禮疏忽了，瑪利亞大人。」

此時，瑪利亞拿著空杯子走過來。

「艾莉剛才罵我很煩。」

瑪利亞吐舌頭打趣說完，坐在政近身旁。政近轉頭一看，眉頭深鎖的艾莉莎以嚴肅表情瞪著牌。她手邊的零食剩下三顆。看來進入最終局面了。

「喂喂喂……沒問題嗎？不會吵起來吧？」

這股緊張的氣氛也令統也擔心起來，不過政近與瑪利亞對此同時聳了聳肩。

「應該沒問題吧。畢竟別看艾莉那樣，她看起來玩得很愉快。」

「與其說愉快……不如說玩開了耶～～真是難得。」

「是啊。」

「哎呀，你們看得出來？」

「看得出來。」

政近與瑪利亞轉頭相視，輕聲一笑。坐在兩人正對面的統也與茅咲說著「她那樣……？叫做玩開了？」歪過腦袋盡顯內心的不信感。

不過政近很清楚，艾莉莎現在玩開到前所未見的程度。面對恐怕是相隔數年終於交到的同年齡同性朋友，從言行各處都看得出她玩遊戲玩得非常開心。

比方說，看著自己所剩無幾零食的眼神。與其說那是快要輸光而焦急的眼神，更像是惋惜比賽即將分出勝負的眼神。是「明明還想玩！這樣下去比賽要結束了！」的眼神。

（「孤傲」是哪來的……？）

政近想起旁人為艾莉莎取的別名，眼神變得溫馨。不，政近從一開始就不認為艾莉莎那麼難以接近，不過像這樣看見她正常快樂玩牌的模樣，心情果然變得難以言喻。

「哎呀～剛好沒有了嗎？」

瑪利亞的聲音引得政近轉身一看，綾乃手上的寶特瓶空了。綾乃立刻要去拿新的，卻發現買來的飲料已經全部喝光，停止動作。

「那麼，我去一趟樓下的自動販賣機買飲料回來吧？」

「那就由在下……」

「不用不用，因為綾乃是今天的女主角。」

「？」

莫名其妙被說是女主角，不只綾乃本人，統也與茅咲也歪過腦袋，政近則是隱約猜到這句話的意思。

「那個……我與妳算是這場歡迎會的主角，妳是女生所以才說妳是女主角吧？」

「就是這麼回事～那麼男主角，麻煩你陪我去吧？」

「為什麼？」

政近即使猜到那句話的意思，瑪利亞的想法也跳脫想像的範疇。不過一個人拿大家的罐裝飲料回來確實很辛苦，重新如此心想的政近制止綾乃之後起身，主要朝著坐在不同位置的艾莉莎與有希搭話。

「我去一趟樓下的自動販賣機買飲料，各位要喝什麼？」

「幫我買西打。」

「可樂……不，還是薑汁汽水好了。」

「那個，我要檸檬茶。」

「請幫我買咖啡歐蕾。啊，不是白色的，是褐色的那種。」

「幫我買紅豆湯。」

「在下喝水就好。」

「慢著，我不是聖德太子，不要一次說這麼多……還有，瑪夏小姐不用說吧？因為我們要一起去。」

「啊，對喔～～」

瑪利亞像是在說自己冒失般地笑了笑，統也向她苦笑，找紙筆要重新整理大家點的飲料，不過政近先開口了：

「哎……那個，西打、薑汁汽水、檸檬茶、褐色咖啡歐蕾、紅豆湯還有水是吧，收到。」

「「「咦？」」」

在兩名學長姊與艾莉莎的驚訝表情目送之下，政近和瑪利亞走出學生會室。來到走廊，人體感應器就起反應打開走廊的燈。以餘光看著夕陽染紅的操場行走沒多久，瑪利亞以沉穩的語氣向政近開口：

「久世學弟，再度謝謝你。」

「怎麼突然謝我？」

「謝謝你協助艾莉，謝謝你決定和艾莉一起參選……我想艾莉肯定很開心。」

瑪利亞這麼說的時候露出充滿慈愛，真的很適合形容為「聖母」的表情。

「這種事……瑪夏小姐沒什麼好道謝的……」

「哎呀，當然要道謝啊？因為至今一直沒人能依賴的艾莉，終於有人願意扶持她了。」

「這樣啊……」

瑪利亞臉上不是一如往常軟綿綿的笑容，而是沉穩的溫柔笑容，政近自然停下腳步，輕聲脫口這麼說：

「難道說……」

「嗯？」

「啊，沒事……」

無意之間開口之後，政近猶豫是否可以這麼問。不過，瑪利亞停下腳步轉身看過來的溫柔視線像是在催促，政近回神時已經繼續問下去。

「雖然只是我的猜測……不過瑪夏小姐，妳是不是故意在艾莉面前隱藏正經的一面？」

聽到政近這麼問，瑪利亞像是中了冷箭般地緩緩眨眼。

然後她看向窗外，露出令人吃驚的成熟笑容。

「我啊，不想和艾莉競爭。」

她回答的話語，乍聽之下似乎不算是回答。但是這句話令政近心想「啊啊，果然沒錯」而接受了。只有兩人的走廊上傳出瑪利亞的獨白。

「艾莉是一個很努力的孩子，做任何事總是拚盡全力……我好喜歡這樣的她。」

「……所以，為了不被艾莉視為競爭對手……妳才假裝成溫吞的姊姊嗎？」

這個問題筆直切入核心，瑪利亞卻發出清脆的笑聲。

「並不是假裝喔。一直活得緊張又拘束會很累吧？得適度放鬆才行……不過啊，我不否認在艾莉面前會故意變得溫吞哦？」

「哈哈哈……溫吞是嗎？」

「呵呵，因為艾莉願意讓我撒嬌，所以變得溫吞也在所難免吧～～？」

「……原來如此？」

正常的姊妹都是反過來吧？如此心想的政近露出苦笑。

（真是的，她到底有幾分是認真的？）

不知道究竟是穩重還是溫吞的這名學姊，使得政近搔抓後腦勺仰望天花板。此時瑪利亞的低語傳入他耳中。

「我不想害得艾莉孤單。」

移回視線一看，瑪利亞露出嚴肅到令人緊張的表情。筆直朝這裡注視的這雙眼睛，使得政近倒抽一口氣。此時瑪利亞忽然放鬆表情，像是自言自語般地開口。

「不只是姊妹……兄弟姊妹是一種非常複雜的關係對吧？雖然比任何人都親近，卻也因為這樣而不得不在意彼此。」

「……是啊。」

這是政近清楚到不能再清楚的事……對於拋棄了出身世家的政近來說。他憎恨母親，違抗外公，離開那個家。而且離家出走之後……才察覺自己只是空殼。

明明將一切扔給妹妹成為自由之身，卻沒有任何想做的事，也不想成為任何人。

不能這樣下去。必須做點事情才行。必須做到在那個家做不到的某些事，自己真正想做的某些事。否則就不知道自己為什麼離開那個家了！

……政近感到焦急。但是到最後還是不行。沒有任何事物能讓內心沸騰。自己終究只是任憑一時衝動離家出走，如今下不了台的毛頭小子。

妹妹繼承這樣的哥哥，逐漸成長為優秀的周防家長女。自己沒能活用得天獨厚到無謂的才能，就只是靜靜墮落下去。暴殄天分。明明想做任何事都做得到，卻什麼都不做，成為一個缺乏存在意義的人。

只是空殼又是人渣的自己，對家族抱持無比愛情持續努力的妹妹。兩人無論如何都難免被擺在一起比較。

即使如此也沒被自卑感折磨，至今依然能維持和睦的兄妹關係，原因都是多虧妹妹的盡心盡力。

因為妹妹從以前到現在都一樣會率直表達好感，毫不害臊地表明周防政近與久世政近都是她最喜歡的哥哥，所以政近也能繼續當個疼愛妹妹的哥哥。

不然的話……政近肯定會和有希保持距離吧。

（真是成材的妹妹。）

政近在這麼想的同時忽然察覺了。有希在他面前盡顯阿宅氣場的奇特個性……或許也是為了避免哥哥覺得自卑，故意展現出傻妹妹的模樣吧……

（不，那肯定是天生的。）

政近覺得自己想太多，同時也覺得或許多少有這種可能性。只要這麼想，感覺就能稍微理解瑪利亞是基於什麼心態在妹妹面前展現溫吞的一面。

並不是裝出來的。正因為喜歡……因為想被喜歡，所以想隱藏某部分的自己，如此而已。人們大多想在喜歡的人面前展現帥氣的自己吧，以瑪利亞的狀況則是湊巧相反罷了。

「瑪夏小姐……真是一位好姊姊。」

「呼呼～～一點都沒錯。別看我這樣，我其實是一位好姊姊喔～～」

瑪利亞得意洋洋挺胸，表情意氣風發不可一世。但她立刻露出惡作劇般的笑容，閉上單邊眼睛，在嘴唇前方豎起食指。

「剛才那件事，要幫我向艾莉保密哦？」

瑪利亞這個前所未見的嬌媚動作，使得政近心臟用力一跳，像是要隱藏這樣的自己般，他露出自嘲的笑容。

「……我不會說的。就算說了，她也不會相信自己的姊姊其實居然是正經的大人

吧。」

「哎哎。這應該是你太高估我了吧？我確實比艾莉溫吞得多啊？而且……」

瑪利亞突然收起為難般的笑容，以看透一切般的視線貫穿政近。

「久世學弟，你也和我一樣隱藏了正經的一面吧？」

「……」

對於瑪利亞指出這一點，政近連忙想開口搪塞……卻立刻明白自己這麼做毫無意義而聳肩。

「……我這麼做的理由，不像瑪夏小姐那麼了不起。」

他並不是為了某人。之所以採取這種嘻皮笑臉得過且過的胡鬧態度，都是為了保護自己。

「到頭來，我還是很疼自己。」

政近不期待得到瑪利亞的理解，自嘲般地說出毫無脈絡的話語。

他知道也承認自己是人渣。即使如此，依然害怕這樣的自己為人所知。

只是為了避免自己的人渣本性曝光，才以胡鬧、戲謔的態度掩飾。因為與其被視為人渣，被當成得過且過的悠哉笨蛋比較輕鬆。至今他不曾認真面對任何人，不准任何人碰觸內心深處。

政近只是以這種做法，保護自己微不足道的尊嚴罷了。正因為他是以這種方式活到現在……所以不偽裝自己，正直活在世間的那種人，真的是耀眼無比。無法像他們那樣生活的自己，令政近深感厭惡。

「……哎，總歸來說，我只是想樂得輕鬆，才堅持扮演不正經的角色避免任何人依賴。請別在意。」

而且今天也以戲謔的態度掩飾，以免被人踏入內心，察覺內心。

說起來，為什麼會聊到這種話題？明明至今即使對家人都鮮少展露真正的自我……

（為什麼……總覺得面對瑪夏小姐會神奇地降低心防……）

這也是某種包容力嗎？被認識還沒多久的學姊看見內心一角，政近對此感到後悔，露出笑嘻嘻的表情移開視線。

瑪利亞靜靜走向這樣的政近……輕輕抬起她的手。

「好乖好乖。」

「！」

「好努力好努力。沒問題的……久世學弟，沒問題的。」

瑪利亞輕拍撫摸政近的頭，溫柔地這麼說。

「唔，我並沒有……」

並沒有努力。說起來，到底是什麼事情沒問題？

腦海頓時浮現這些疑問。這兩個疑問沒化為話語。政近只是低頭不語。

胸口顫抖到無法控制，話語說不出口。神奇地解開內心糾葛，溫柔又隱約帶點懷念的這種觸感，使得政近一旦稍微鬆懈，眼淚就可能奪眶而出……他只能咬緊牙關忍受。

「畢竟是男生啊～～……了不起了不起。」

瑪利亞以溫柔無比的眼神注視這樣的政近。就如同在安慰受傷的孩子，安撫賭氣的嬰兒。

不久之後，政近低著的頭像是不自在般地動了。瑪利亞立刻察覺他的意圖，放開雙手。

「……總覺得不好意思。」

「沒關係喔～～因為我是學姊，你是學弟。呵呵，我反倒覺得自己第一次在學生會做了學姊會做的事耶～～艾莉與有希都非常可靠，總是不讓我做學姊會做的事。」

「哈哈，說得也是。」

只見一如往常面帶軟綿綿笑容的瑪利亞，不滿般地鼓起臉頰如此說道。學姊以一如往常的態度對待，政近對此心懷謝意，同時也稍微露出苦笑。

「總之，我今後……也會避免露出這一面。」

「哎呀，是嗎？明明可以多多向我撒嬌啊？」

「不，我也有男生的尊嚴要顧……而且也會對不起妳的男友。」

「唔……哎，說得也是耶～～……但是沒問題的。因為他不會為這種小事生氣！」

「唉……」

瑪利亞神氣挺胸，政近含糊點頭回應。真的可以把她這番話當真嗎……

「……差不多該走了吧。要是拖太久，大家都會口渴了。」

「說得也是。」

政近點頭回應瑪利亞這句話，暫時保留內心的想法，重新走向一樓的自動販賣機。購買所有人的飲料之後，兩人抱著飲料罐回到學生會室。

「喔，回來了嗎？真慢啊。」

「嗯，發生了一些事……」

「對不起啦～～？剛才和久世學弟聊得太愉快了～～」

「是嗎？總之沒關係。因為這邊剛好準備完畢了……」

打開學生會室的門一看，統也不知為何掛著威風的笑容等待兩人。

「準備？」

政近歪過腦袋，統也隨即加深笑容，以賣關子的態度說明：

「是啊。為學生會傳統的頂級鬥智遊戲做準備……」

◇

「所以……是麻將嗎？」

學生會室擺著一張有點格格不入的麻將桌。而且已經使用滿久了。亮麗的女生們圍繞在桌旁，原本就格格不入的麻將桌因而更加突兀。

統也大概也自覺這一點，一邊洗牌一邊露出苦笑。

「話說在前面，在歡迎會打麻將真的是傳統哦？」

「這樣啊……我姑且會打，不過我以外的各位會打麻將嗎？」

政近環視周圍的女生們，她們各自做出反應。

「我會喔。畢竟家裡就在打。」

「至少湊牌的話沒問題啊？」

「在下也是，至少會湊牌。」

「不好意思，我不會打……」

「我整套都會。」

會打的人意外地多。政近總之以白眼瞪向宣稱「至少湊牌的話沒問題」其實是網路麻將六段的妹妹，思考要由哪些成員上場，不過統也迅速為大家組隊了。

「好，那就依照傳統各自組隊吧。我與茅咲、周防與君嶋、久世與九条妹。九条姊只能自己一隊，這部分沒問題嗎？」

「沒問題喔～～我負責炒熱氣氛對吧？」

「等一下，瑪夏，妳自己說這種話？」

「因為我只懂基本規則啊。」

瑪利亞溫吞掛著笑容就座，政近在苦笑的同時看向艾莉莎。

「那個……總之我一邊打一邊簡單說明，可以在我身後看嗎？」

「知道了。」

政近坐在統也正對面的位子，綾乃坐在他右邊。看來有希決定暫時觀望。

「那就開始吧。距離學校關門沒什麼時間了，所以打半圈決勝負。啊啊，接下來我要說的也是傳統……」

此時統也咧嘴露出笑容。

「得到第一名的隊伍，可以任意命令另外三隊做一件事。啊，當然只限於常識範圍哦？」

「您說什麼？」

隊友是大外行而處於不利立場的政近眉角上揚，不過其他女生們意外地躍躍欲試。

「讚喔！有這種程度的懲罰遊戲才好玩！」

「哎，在場成員應該不會提出亂來的要求，所以我沒問題喔～」

「我也不介意。」

「一切都遵照有希大人的意向。」

這麼一來，政近那位倔強不服輸的隊友會做出什麼反應，當然是可想而知……

「我也接受這個條件。」

「妳完全是初學者吧……」

政近無力吐槽這個正如預料的回應，不過轉身一看，艾莉莎掛著像是絲毫不肯認輸的倔強表情。

（為什麼可以維持這麼正直的眼神啊……）

即使暗自抱怨，政近依然不情不願地點了點頭。

「唉……那我也接受這個條件。順便請問一下，並不是獲勝隊伍的兩人都能命令一件事，而是一隊命令一件事吧？」

「沒錯。如果兩人都能命令，萬一九条姊獲勝就不公平了。」

「居然說了『萬一』……」

統也打從一開始就不把瑪利亞列為戰力。不過當事人臉上掛著像是完全不以為意的笑容。

「啊，對了會長，細節是怎麼規定的？」

將牌拿到手邊的政近這麼問，統也一邊以熟練動作堆牌一邊回答：

「嗯……這樣吧。每人三萬點開始，有赤寶牌、可以食斷、可以後付、可以和牌完場、可以一炮雙響或三響、也可以兩倍役滿與三倍役滿……總之什麼都可以。啊，不過只有飛終局的規則不採用。」

「這樣啊……我知道了。」

「好，那麼……茅咲，妳先打吧！」

「咦？」

大概是完全只想觀戰，茅咲露出被暗算的表情眨了眨眼睛。不過政近也是相同反應。

「咦？會長您不先打嗎？」

「呵，英雄都會姍姍來遲喔。」

「啊，好的。」

就像這樣，麻將大賽終於開始……

（不對，這些牌咖是怎麼回事？）

政近以外的成員都是美女。前方與兩側都是漂亮大美女，其中只有一個路人甲男性。

（這樣完全是脫衣──）

「久世同學？」

「那個，我說明一下。剛才擲骰子決定瑪夏小姐是莊家，莊家胡牌的話可以拿到比較多的點數，而且可以繼續當莊家──」

阿宅特有的想入非非掠過腦海的瞬間，冰涼的寒氣從背後撲過來，政近連忙開始說明。

他無視於背後的冰冷視線與右前方像是看透一切的笑嘻嘻視線，繼續說明：

「總之，基本上先湊兩張同樣的牌，然後湊連號的三張牌或是同樣的三張牌共四組，總共湊齊十四張牌就和牌了。妳先有這個概念就好。」

「不好意思，在下自摸了。」

「啊，綾乃現在和牌了對吧？像那樣自己拿到最後一張想要的牌叫做『自摸』，用別人打出來的牌來和牌叫做『胡』。」

不愧是艾莉莎，學得很快，在第四場就已經理解大致的規則。

「『飛終局』是什麼意思？」

「點數輸光叫做『飛』。有一種規則是只要有人成為這種狀態就直接結束牌局，不過這次不採用這個規則。太棒了！就算欠了一屁股債也可以打到最後喔！」

「……這是好事嗎？」

「總之，就當成直到最後都有反敗為勝的餘地……另一方面，如果這是賭錢的麻將，可能也有實際陷入欠債地獄的危險性。」

「賭錢的麻將……你打過嗎？」

「啊，那張我要碰。」

「久世同學？」

結果在第四場結束的時候，政近和艾莉莎換手。這四場是綾乃與茅咲各和兩次牌，點數排名依序是綾乃、茅咲、政近、瑪利亞。

（綾乃果然是穩紮穩打，單純是技術很好。更科學姊是典型的強攻型。至於瑪夏小姐……她真的懂規則嗎？）

牌局在政近適度指點艾莉莎的狀況下進行，不過風向與手氣果然是存在的吧，茅咲與綾乃像是競爭般地輪流和牌，莊家就這麼輪了一輪。進入後半戰南風圈的時候，茅咲和統也交換，綾乃和有希交換。

有希一上場就和了一把大牌，莊家輪到統也之後，這次是統也連續和牌三次。在艾莉莎身後觀戰的政近是這麼想的。會長……看來你來陰的了。

（啊啊，原來如此……「什麼都可以」是那個意思嗎？出老千也可以是吧？）

就政近看來，統也是在堆牌與摸牌的時候偷天換日。預先將有用的牌堆在自己前方牌山，在摸牌的時候適度掉包。

「喔，又自摸了。」

「統也，你好厲害！」

「哈哈哈，這就是會長的威嚴。」

統也痛快接受茅咲的稱讚。不過仔細看會發現他表情帶點陰影，隱約飄散出內疚的氣息。

（啊啊，更科學姊果然不知道嗎？所以才出這種站在後方看不出來的老千。）

政近理解的這時候，統也也察覺到自己出老千被察覺。

（發現了嗎……久世，真有你的。雖然有點意外會被周防發現……但是別怪我啊，這也是學生會的傳統。）

是的，其實這真的是征嶺學園高中部學生會的傳統。

在一年級學生加入學生會時的這場歡迎會，會長與副會長以百無禁忌的老千麻將痛宰一年級成員。透過這種方式，過來人的學長姊們親自傳授「做不到這種程度就無法在會長選舉贏到最後！」這個道理……這是表面上的意義，坦白說根本不是傳統，是惡習。

（呵呵呵……我去年也被說「這也是一種教訓」，整整一個月每天在學生會結束之後繞著學校跑十圈……）

統也回想起當年被上一屆出老千打得落花流水，當成懲罰遊戲的命令還差點驚動家長會，不禁露出陰沉的笑容。不過他也因而減輕體重，增強毅力，至今也自主繼續練跑……不過這是另一回事。

畢竟當年的正副會長明明說是「教訓」卻一起陪跑，跑完一個月之後被稱讚「你真努力啊」的時候，統也還稍微哭了出來，不過這是另一回事。可惡，這些學長姊真棒！

（會長、副會長，請你們好好欣賞吧……接下會長職位的時候，我從兩位那裡繼承的這項技術……我也會讓學弟妹們見識學生會長的偉大！）

統也不知為何莫名激動起來，企圖連續第五次和牌——

「啊，胡……胡了！」

看到有希出的牌，艾莉莎不太熟練地宣布和牌。

「哎呀……我看看，只有立直與寶牌，兩千六百點嗎？」

有希計算點數之後，大概是點數比想像的低，艾莉莎在略顯遺憾的同時露出笑容。

「呵呵，這麼一來，剛才在撲克牌欠的帳應該有還了一點吧？」

「說得也是，這次敗給妳了。」

有希眉角下垂苦笑遞出點棒，艾莉莎露出得意笑容轉身看向政近。

「嗯……恭喜妳第一次和牌。」

「謝謝。」

聽到政近的稱讚，艾莉莎愉快輕撥頭髮，不過……

（艾莉……剛才是有希故意放槍給妳耶？）

知悉一切的政近，掛著微妙的笑容注視艾莉莎側臉。

不對，不只是政近。其實艾莉莎與瑪利亞以外的所有人都有相同的認知。

有希猜測艾莉莎的牌不大，甚至完全看穿她聽哪一張牌，為了阻止統也連莊而故意放槍給艾莉莎。只有初學者九条姊妹沒察覺這一點。

「艾莉，恭喜妳。」

「謝謝。瑪夏也加油吧？」

不過，看到艾莉莎老神在在驕傲激勵還沒開胡的姊姊，大家都不敢多說什麼。

統也與茅咲微微露出苦笑，有希掛著雕塑般的笑容，綾乃面無表情拍手。征嶺學園學生會是一個溫柔的世界。

「唔唔，那就繼續打吧。」

統也開始洗牌，麻將再度進行。

有希的助攻成功阻止統也連莊，不過瑪利亞在這個階段已經完全輸光點棒。統也大幅領先第二名的有希與第三名的艾莉莎獨占鰲頭。

（嗯……差不多到此為止吧。如果做得太過火，其他人也會起疑，之後只要避免放槍順利打完就好。）

統也在這個時間點確信自己將會勝利……不過他的如意算盤打太響了。

「艾莉，可以換我打一下嗎？」

「咦？可是……」

「沒有啦，畢竟我也還沒和過牌。妳這個初學者都和過牌了，我就這麼連一次都沒和牌的話很沒面子……好不好？拜託啦。」

「是嗎？真拿你沒辦法。」

「謝謝。」

向有希雪恥成功的艾莉莎心情大好，政近和她換手之後再度坐下，然後和旁邊的有希四目相對。

是的……統也太小看了。小看這對阿宅兄妹的真本事。

統也在兩分鐘後體會這一點。

「啊，不好意思，會長。這是意外。」

「什麼？」

「我胡了。莊家倍滿，兩萬四千點。」

摸牌才摸到第二輪，統也打出真的不太重要的牌，卻放槍給有希。統也在這個時間點也還覺得只是巧合，但終究在接下來政近和牌時察覺了。

「啊，自摸。」

「啥？」

又過了兩分鐘，這次甚至還沒輪到統也摸牌。

「地和，役滿。」

「哇，政近同學好厲害！」

「哎呀～～已經和牌了？」

「咦咦？地和？」

「政近大人，恭喜您。」

「那個……？」

女性成員們各自做出反應，統也則是和正前方的政近四目相對。

『唔……真敢放肆啊，久世。』

『呵呵呵……出老千挑戰我是您的錯誤喔，會長。』

統也露出僵硬的笑容，政近以無懼一切的笑容回應。

沒錯，這不用說當然是出老千。假惺惺說著「哇，政近同學好厲害！」這種話的有希其實也是共犯。

（身為阿宅，出老千或是控制骰子這種技能當然早就學會了！）

政近在腦中喊出全日本阿宅可能會群起吐槽的這句話。不過這對兄妹真的已經學會高超的老千手法，骰子也當然可以擲出想要的數字。順帶一提，傳授老千手法的師父是爺爺。

『只要我們兩人合力堆牌，這種程度的事輕而易舉。真可惜啊，會長。』

『唔……』

原本大幅領先卻在數分鐘內被追上，統也不甘心地瞇細雙眼。對此，政近輕輕露出笑容。

『會長，請放心。最後一局會正常打，不出老千。』

『什麼……？難道……』

政近以眼神示意之後，統也也驚覺一個事實。經過兩人剛才的和牌，除了負債累累的某位聖母，三人的點數幾乎平手，在這最後一局和牌的人就能拿下第一。

『彼此都不想被搭檔發現自己出老千吧？這次要不要認真對決？』

『……呵，好吧。就以我的實力讓你見識會長的偉大吧！』

兩人彼此露出豪邁的笑容，決定不要小伎倆，認真對決。

『來吧——』

『堂堂正正地——』

『『一決勝負！！』』

然後，左右命運的最終決戰開幕——

「哎呀～～？我這樣是不是和了？」

「「咦？」」

從意料之外的方向傳來鬆懈的和牌聲，兩個男生露出錯愕表情轉頭看去。

他們看到瑪利亞亮出的牌，立刻轉頭相視。

「會長……」

「嗯……」

「既然什麼都可以，這個當然也……」

「……是啊。」

「瑪夏，那……那是……」

「茅咲？咦？大家怎麼了？」

茅咲露出戰慄表情，連綾乃都睜大雙眼，此時有希露出僵硬的笑容開口：

「四暗刻單吊、大三元、字一色……」

「哎呀～～四種都有役耶～～我想想，大概是滿貫八千點嗎？」

「是四倍役滿，十二萬八千點啦！」

政近自暴自棄般地大喊，看起來終於重新振作的統也也面帶苦笑低語：

「至今的戰鬥到底有什麼意義……」

「一點都沒錯！」

到最後，瑪利亞的夢幻和牌將一切回歸於無，最後結果是瑪利亞第一、有希綾乃隊第二、統也茅咲隊第三。政近與艾莉莎這一隊因為是瑪利亞自摸時的莊家，所以掉到最後一名。

然後，拿到冠軍有權對六名輸家下令當獎賞的瑪利亞則是……

「唔～～命令啊～～……」

瑪利亞將食指抵在嘴唇環視室內……視線投向歡迎會發給大家的餅乾包裝袋與緞帶時，發出「啊」的一聲並露出靈機一動的表情。政近有種強烈的不祥預感。而且這個預感是正確的。

——數分後。

「天啊～～好可愛～～♡」

學生會室裡，瑪利亞露出融化般的笑容。女生們有點不好意思，兩個男生則是羞恥到發抖。

「會長……」

「久世，什麼都別說……」

瑪利亞下達的命令是「所有人今天要繫上緞帶度過一整天」。

緞帶是瑪利亞親手繫上的。女生們還好，只是稍微改變一下造型。尤其是茅咲，由於平常不太打扮，所以現在成為女學生看見可能會興奮尖叫的感覺。問題在於……路人臉的政近以及老人臉又壯碩的統也。

「這個懲罰遊戲是怎樣……」

「你還算好吧……看，我根本只是悲劇。」

「我知道。如果是平常就有聲望的人，即使做一些奇怪的事，眾人也會心想『原來他也有這一面啊』以善意接受，不過要是我這種平凡學生做出相同的事，只會令人覺得『這傢伙是怎樣……』不敢領教。」

兩人就像這樣充滿悲愴感地轉頭相視的時候，女生們接近過來。

「呃……沒有啦……應該不錯吧？噗……我……我覺得很適合啊？」

「更科學姊……聽您像是差點笑出來般地這麼說，我反而覺得可悲。」

「不不不，政近同學，實際上非常適合你啊？」

「有希同學，妳的眼睛在笑喔。」

「沒那回事啊？對吧，綾乃？」

「是的，非常適合您。」

「說真的，妳那雙清澈的眼神是怎樣？」

「久世同學……」

「艾莉……」

艾莉莎掛著無法言喻的表情搭話，但是在政近轉頭看過來的瞬間，她睜大雙眼，迅速摀嘴別過頭去。

「喂，說幾句話啊！」

「噗……我……我覺得不錯。算……算可愛吧？」

「妳就笑吧！乾脆大聲笑我吧！拜託啦！」

「啊哈哈哈哈哈！」

「有希～～！妳不准笑！」

有希高明維持大小姐的模式愉快大笑，政近殺氣騰騰瞪向她。不過大概是被有希的笑聲觸發，茅咲開始笑出聲，連艾莉莎都低著頭開始顫抖肩膀，所以政近心已死。

「會長、久世學弟，看我這裡～～」

「呃，該不會要拍照吧？」

「是啊～～？因為是難得的紀念喔。」

政近表情僵硬，統也向他打耳語：

「（死心吧，久世。出老千還輸的我們沒有權利拒絕。）」

「咕，殺了我吧！」

政近表情充滿難色，惡狠狠說出女騎士被敵方抓住時的台詞。

後來，直到巡視的老師告知校門關閉時間，學生會室一直發出女生們的笑聲與快門聲。

第7話 因為是約定

「九条艾莉莎同學。」

「？」

午休時間。背後突然傳來這個聲音，引得艾莉莎轉身。

站在該處的是一頭直順黑髮及肩切齊，散發著理性氣息的一名女學生。

艾莉莎剛才聽聲音沒印象，不過看見長相依然想不到是誰。頂多只從蝴蝶結顏色得知對方應該是同年級。然而即使肯定是不認識的人，少女眼鏡後方的雙眼也隱含絕對不友善的光芒。

「……什麼事？」

艾莉莎稍微提高警覺詢問，女學生輕推眼鏡，正如預料以有點嚴厲的聲音開口：

「抱歉突然打擾。我是F班的谷山沙也加。方便借點時間嗎？」

少女以視線朝著走廊外面的中庭方向示意，提出這個要求。雖然說話客氣又禮貌，卻果然完全沒有友善的感覺。

如果是平常的艾莉莎，只會在原地問她有什麼事……不過聽到少女剛才自報的姓名，艾莉莎想起某件事而皺眉。

（谷山沙也加……？記得是在國中部和有希同學爭奪過學生會長寶座的……？）

艾莉莎前幾天聽政近詳細說過這名學生的事。她不是別人，正是除了有希以外應該提防的另一名學生會長候選人。

谷山沙也加。在造船業之中屬於國內屈指可數的大企業——谷山重工的社長千金，若問家裡資產多麼雄厚，在征嶺學園也是位於金字塔頂端的學生。

她本身也非常優秀，考試成績總是名列同年級前十名，加上每年擔任班長，老師對她的印象也很好。更重要的是……她在國中部曾經以討論會打倒三組正副會長候選人創下佳績。以實力擊退對手的次數，包括有希在內的其他候選人都比不上她。因此政近也是除了有希以外最提防她。

可能成為勁敵的這名學生像這樣邀她談話。這麼一來，艾莉莎沒有拒絕的理由。

「……沒問題。」

「謝謝。」

沙也加以毫無謝意的態度道謝之後，從走廊盡頭前往中庭。艾莉莎隨後跟上，沙也加走到中庭中央矗立的大樹下停下腳步，轉身面向艾莉莎。

「九条同學，首先我想確認一下，妳要和久世同學挑戰會長選舉，這是真的嗎？」

「……是的，所以呢？」

她是從哪聽來的？冒出這個問題的艾莉莎點頭回應後，沙也加的眉心出現皺紋。

下一瞬間，她說出充滿明確敵意的話語：

「居然做出這麼沒品的事。妳不覺得丟臉嗎？」

「……啊？」

突然被侮蔑的話語攻擊，艾莉莎還沒生氣就先感到錯愕。

「居然硬是搶了周防同學想邀請搭檔的對象……故意討人厭嗎？如果是戲弄也太惡質了。」

「呃，妳……？」

不過聽到她這麼說，艾莉莎終於忍不住了。

「妳在說什麼啊！何況我為什麼要被初次見面的妳說這種話？」

艾莉莎這一喊，中庭與相鄰的校舍都有視線集中過來。艾莉莎自覺這一點，將後續的話語吞回去，但是沙也加毫不在意般地冷淡回答：

「為什麼？我反倒覺得除了周防同學，我才有權利說這種話……可以請妳不要抱持隨便的心態，弄髒我們學校神聖的會長選舉嗎？」

「這是怎樣……妳想說我用了骯髒手段拉攏久世同學嗎？」

「不是嗎？雖然不知道使用什麼手段，但妳選擇那個窩囊的久世同學當搭檔，只可能是要給周防同學一個下馬威吧。」

「不對──」

「艾莉？谷山？」

背後傳來的聲音引得艾莉莎轉身一看，政近似乎是聽到兩人的爭執聲，從校舍之間的走廊來到中庭。他露出擔心表情，交互看著氣氛非比尋常的兩人，站在兩人中間詢問艾莉莎：

「……發生了什麼事？」

「不知道。她突然向我搭話，然後找碴說得像是我使用骯髒手段，把你從周防同學那裡搶過來。」

「這是怎麼回事？為什麼會說成這樣？」

政近不明就裡歪過腦袋，面向沙也加解釋：

「那個……谷山？我不知道妳聽誰說的……但我是自己決定要和艾莉搭檔參選啊？她沒有使用什麼骯髒手段……」

政近這段話使得沙也加蹙眉，緩緩扶正眼鏡開口：

「……我無法相信。至今窩囊透頂的你，為什麼會想和那個轉學生聯手？」

「慢著，居然說我窩囊……哎，我不否認就是了……總之，她沒對我使用什麼骯髒手段。有希也已經接受這件事，這全都是妳的誤解……既然妳出言冒犯艾莉，可以請妳道歉嗎？」

政近試著盡量息事寧人，但是在這一瞬間，低著頭的沙也加噴出毛骨悚然的怒氣，令他倒抽一口氣。

「原來如此……真正應該制裁的是你嗎……」

沙也加以低沉到駭人的聲音低語，然後快步走向政近，從極近距離抬頭狠瞪。這雙眼睛充滿恐怖的敵意與憎恨，政近不禁退後半步。

「久世同學，我要以討論會挑戰你。」

「啊——？」

沙也加的這句宣言，引起遠方看熱鬧的學生們一陣騷動。政近的心情也和他們一樣。

「議題……這樣好了。『導入參加學生會時的教師審核程序』這個議題如何？」

「不對，等一下！妳是……認真的嗎？」

「以為我是開玩笑這麼說嗎？我要請你這種人早早退出會長選舉……不對，退出學生會。你好歹也是學生會幹部，應該不會逃避接受討論會的挑戰吧？」

對於這個突如其來的進展，政近不明就裡只能感到困惑。不過面前的少女似乎是認真想打倒他。政近隱約理解到，唯一的對抗方法就是在討論會取勝。

「……我知道了。總之先把細節──」

「等一下。」

此時，艾莉莎以尖銳聲音喊停。

「討論會是會長選舉的候選人共同進行吧？可以不要把我晾在一旁繼續說下去嗎？」

艾莉莎犀利瞪向沙也加，但是沙也加連看都不看就冷淡告知：

「請妳別礙事好嗎？我對妳已經沒興趣了。只有成績可取的花瓶會長候選人，請回吧。」

「什麼──給我把頭轉過來！」

艾莉莎強行介入政近與沙也加之間，從正面瞪向沙也加。

「我們是會長選舉的搭檔！既然妳同樣以會長候選人的身分要打倒久世同學，那就由我來奉陪吧！」

艾莉莎當面嗆聲之後，沙也加以不耐煩的眼神看向她，靜靜扔下這句話：

「我明明難得好心想放妳一馬……」

然後沙也加帶著鄙視的心態抬起下巴，以冰冷徹骨的聲音放話：

「好啊，我就一起打倒你們兩人。你們這種人不適合參加會長選舉。」

聽到沙也加這段話，周圍的學生們懷著疑惑與興奮的心情議論紛紛。本年度第一場討論會的消息，當天下午立刻傳遍校內。

◇

「真是的，我還以為這個學期已經不會舉辦討論會了……」

放學後的學生會室。在政近與艾莉莎面前，統也拿著沙也加繳交的申請書露出苦惱表情。

「不好意思，在即將段考的這種時候……」

「不，畢竟你們是被挑戰的一方……抱歉，我只是發個牢騷，並不是要責備，別在意。」

統也向政近搖手示意，重新看向申請書。

「唔～～既然消息已經傳開，事到如今也不能退件……不過這個議題……」

「完全是衝著我來的吧。」

「唔，嗯……果然是這樣吧……」

寫在申請書的議題，是沙也加在午休時間提到的「導入參加學生會時的教師審核程序」。內容簡單來說就是「要成為學生會幹部必須經由教師推薦」。

明顯看得出另有真正意圖的議題內容，使得統也不禁皺眉。不過當事人政近若無其事聳肩回應：

「現在的學生會成員，老師心目中印象最差的是我。所以如果這個議案通過，我就必須退出學生會吧。」

「不，總之以內容的性質，即使學生議會表決通過，也不知道校方會不會採用……不過真的要舉辦嗎？老實說，我覺得這對你們一點好處都沒有。」

「有好處。」

聽到艾莉莎斬釘截鐵這麼說，統也投以深感興趣的視線，隨即被她以隱藏火熱鬥志的眼神回應而稍微向後仰。

「只要打倒她，我這個下屆會長候選人的評價會因而提升。要是在這時候逃避，我反而再也不可能在會長選舉打敗她吧。」

「喔，嗯……哎，是嗎？」

「而且那個人侮辱了我與久世同學。我要她收回那些話並且道歉，否則嚥不下這口氣。」

「這……這樣啊。」

艾莉莎的怒氣靜靜高漲，對此露出苦笑的政近也發言補足。

「總之，並非只有壞處。因為在結業典禮的致詞之前，我們得以在這個場合先行亮相……和谷山的這場討論會，湊巧是宣傳我們出馬參選的大好機會。」

「哎，既然你這麼說，那就這樣吧……」

統也含糊點頭回應政近這段話，確認行事曆。

「我想想，畢竟快要段考了……雖然有點趕，不過就在這週末的星期五放學後舉辦吧。可以嗎？」

「我不介意。」

「我也是。」

「好，我知道了。那就在今天公告內容吧。」

「會長，要公告的話，我來製作宣傳單吧。」

「周防，可以拜託妳嗎？」

「是的，請交給我吧。」

有希從辦公桌抬起頭，掛著笑容爽快點頭，然後看向政近與艾莉莎。

「政近同學、艾莉同學，請加油哦？」

「……嗯。」

「好的，謝謝。」

「兩位準備討論會應該很忙，不然就免除他們的學生會業務直到討論會結束吧。各位覺得如何？」

有希說完環視室內，其餘成員也立刻點頭。

「也對～～應該可以吧？」

「我也覺得可以喔。」

「一切都遵照有希大人的意向。」

「說得也是。久世、九条妹，別管我們這裡，你們去準備討論會吧。」

「不，這可不行……」

「別這麼說，要是這個議案通過，我可能也會多做各種麻煩的工作。阻止這個結果也是學生會的正當工作，所以不用在意。」

統也說完打趣般地笑了。對於學長溫柔的貼心舉動，政近與艾莉莎低頭致意。

「……知道了。謝謝。」

「謝謝。我們一定會回應這份期待。」

然後，兩人一邊感謝同伴們的貼心，一邊離開學生會室。

「那麼……既然這樣，我們回教室開作戰會議吧？」

「嗯。」

◇

「……總之，從至今的傾向來看，我想谷山會提出這種形式的主張。」

「原來如此……」

「那麼，依照這個預測……妳會怎麼反駁？」

在沒有其他人的放學後教室，政近與艾莉莎並排課桌，面對面進行作戰會議。

「……大概這樣吧。」

「嗯，還不錯吧？我覺得挺有說服力的。必須再把主張的內容整理一下……」

依照統也提供的申請書影本預測沙也加將如何出招，以此建構反駁的內容。在這段過程中，剛才因為沙也加突然惡言相向而一直累積煩躁情緒的艾莉莎，內心也逐漸平靜下來，然後終於有餘力冷靜分析沙也加的那個行動。

「欸，久世同學……」

「嗯？」

「久世同學……你和那位谷山同學交情不好嗎？」

「不，沒這回事……應該吧。至少在國中部學生會共事的時候，算是相當尊重彼此，我覺得相處得很順利啊？」

「這樣啊……」

「話說在前面，谷山並不是平常就會那樣惡言相向的傢伙啊？該怎麼說……我也是第一次看見那麼激動的谷山……」

政近眉角下垂，像是稍微傷腦筋般地聳肩，使得艾莉莎心跳加速。平常嘻皮笑臉毫無緊張感的政近，第一次像這樣展露軟弱的一面。

仔細想想，和首次見面時的艾莉莎不同，這次政近是被認識的人以認真態度敵對。即使這種行為不講理，他也不可能沒受傷。

「久世同學……」

「嗯？」

「啊，那個……」

艾莉莎想對模樣有點憔悴的政近說幾句話，卻不知道該說什麼。她沒有安慰過別人，而且說起來，甚至也不知道政近與沙也加是什麼關係，所以覺得自己說什麼都只會變得膚淺。

「……谷山同學為什麼做那種事？」

到最後，她說出口的是另一個問題。沒能對搭檔說出任何一句安慰的話語，艾莉莎厭惡這樣的自己。

不過，政近似乎沒察覺艾莉的自我厭惡，扶著下巴看向上方。

「唔……這個嘛，我也想過這個問題……她大概以為我是基於好玩才參選攪局吧……」

「咦？」

「不，這始終是我的猜想啊？不過依照妳的敘述來思考，谷山好像誤以為我們並不是認真要打這場選戰……」

「說起來，她為什麼會像這樣誤解？」

「唔～～畢竟她曾經對妳說『只有成績可取』這種話……哎，雖然這麼說不太好，不過客觀來看，妳這個轉學生沒有社團活動的實績，人脈也比谷山少……」

政近輕聲迅速這麼說，艾莉莎瞪他一眼之後哼了一聲。

「總之，這我不否定……但你不是也沒加入社團嗎？」

「嗯。所以啊，這樣的兩人聯手參選，看在認真打選戰的谷山眼裡，大概會有『你們兩個真的有幹勁嗎？如果不是來真的就給我消失』這種想法吧……」

「是……這樣嗎？」

如果只是對不認真的人生氣，沙也加氣成那樣實在是非比尋常。艾莉莎回想起那時候無法當成耳邊風的那段謾罵，表情再度變得嚴厲，政近連忙安撫。

「總之，我知道妳很生氣，但是冷靜一點。」

「我反倒好奇你為什麼這麼冷靜。」

「唔～……沒有啦，以我的狀況，反倒是因為認識平常的谷山，所以看到谷山生氣到那種程度，會覺得自己應該是做了令她相當不高興的事。」

政近眉角下垂軟弱一笑，艾莉莎皺眉壓低聲音。

「假設是這個原因……也不構成她說得那麼過分的理由。確實，你基本上不太正經……即使如此，也用不著被她說得那麼過分。」

聽到這段話，政近察覺艾莉莎是在為他生氣，有點不好意思。但他也不希望艾莉莎繼續生氣下去，所以掛著為難般的笑容幫沙也加說情：

「嗯，還好啦……不過我原本是有希的搭檔。和呼聲最高的有希拆夥，跑去和其他的候選人聯手，從那個傢伙的角度來看應該無法理解，難免覺得我在胡鬧。」

「這種事——」

艾莉莎原本想說這種事很奇怪，但她察覺了。這次的事件是因為她和政近搭檔而發生的。同時她也察覺到，政近和她搭檔受到的損失肯定不只如此。

光是簡單思考，就包括政近的前搭檔有希，以及從小一起長大的綾乃。政近本人只是沒多說什麼，和她們之間不可能沒發生任何風波。不同於總是只有自己一人的艾莉莎，政近肯定是犧牲各種事物才位於這裡。

「我——」

想到這裡，艾莉莎突然害怕起來。政近始終是以對等的立場而協助，但他為此付出的代價絕對稱不上等價。自己可以回報他什麼？可以給予他什麼？至今也像這樣得寸進尺依賴他的自己，到底有什麼——

「艾莉？怎麼了？」

艾莉莎突然沉默不語，政近擔心詢問。坐在面前的艾莉莎看起來氣色很差，呼吸也很淺。

「沒事嗎？如果身體不舒服……」

「……我沒事。並不是你想的那樣。」

「是……嗎？」

話是這麼說，但她看起來實在是非比尋常。既然已經擬定某種程度的對策，總之今天就到這裡解散吧……政近如此心想的這時候，艾莉莎露出有點苦惱的表情開口：

「久世同學……有沒有什麼希望我做的事？」

「啊？怎麼突然問這個？」

「……」

政近對於這個突然的要求歪過腦袋，但是艾莉莎就這麼注視著他，不再多說什麼。

「唔～～希望妳做的事嗎？」

政近從她的模樣感受到「不准再多問什麼」的意志，搔了搔臉頰思考片刻。

「啊啊～～……扮鬼臉？」

「認真一點。」

「……是。」

但是即使被要求認真，政近也無法在這種嚴肅的氣氛採取嚴肅的態度。尤其在對方看起來莫名正經的時候，政近生性會想說一些蠢話緩和氣氛。

「那個，這樣好了。我希望妳溫柔緊抱我輕聲示愛，洋溢母性讓我無法自拔。」

政近咧嘴笑著說完，艾莉莎眉頭一顫。看到這個反應，政近預料艾莉莎會說「算了！」對他生氣，也考慮到最壞的狀況會被甩耳光而作勢提防。

「……好啊。」

「咦？」

正因如此，所以這句回應完全出乎預料。政近做出脫線反應的時候，艾莉莎頂開椅子站起來，繞過桌子站在政近身旁。

「咿……咿呀咿呀欸欸欸！」

近距離被藍色眼眸俯視，政近發出不成意義的聲音，連同椅子後退。

「慢著慢著我開玩笑的，所以冷靜點吧？」

政近像是投降般地將雙手舉到和肩膀同高，試著阻止真的已經張開雙手的艾莉莎，艾莉莎隨即微鎖眉頭放下雙手。政近鬆一口氣沒多久，艾莉莎快步繞到他身後……下一瞬間，政近的脖子被艾莉莎的雙手環繞。

「唔咿！」

突然拂上臉頰的滑順質感，貼在背上的柔軟觸感，使得政近發出怪聲彈了一下。

但是艾莉莎不以為意般地舉起左手，以僵硬的動作緩緩撫摸政近的頭。

「艾艾艾艾艾莉？」

政近驚慌失措到聲音高八度，但是貿然行動可能會造成預期不到的意外接觸，所以無法繼續多做什麼。

就算這麼說，他也無法委身於艾莉莎的擁抱，全身緊繃得硬梆梆的。

艾莉莎幾乎將臉頰貼到政近的臉頰，輕聲呢喃：

【對不起，謝謝。】

這句道歉與道謝，到底是基於什麼意圖說的……政近不知道。但是在傳來這句話的同時，從肩頭環抱到他胸前的艾莉莎右手增加力道，讓政近吃了一驚。

「艾莉……？」

「……」

政近問完，艾莉莎還是沒回答什麼。不過政近覺得艾莉莎從背後繞過來的手臂，隱約有種依賴的感覺。

政近靜靜放鬆身體的力氣之後，艾莉莎左手離開他的頭，繞到他胸前和右手交叉。

【不要離開我……！】

帶著哀戚音調的這句呢喃，使得政近感覺內心深處被抓住。隨著勒緊胸口般的痛楚，噴出一股烈火般的情感。

政近就這麼被這股熱度驅使，左手握住艾莉莎的手，右手輕撫她的頭髮。

「艾莉，我們會贏。即使對手是谷山也沒有關係。和妳立下的這個約定，我不會容許任何人打破。」

政近就這麼面向前方，朝著身邊的艾莉莎明確宣告。如同將決意與覺悟深刻在自己內心。就這麼維持短暫的沉默之後，艾莉莎忽然稍微動了。

「……久世同學，會痛。」

「啊，抱……抱歉。」

政近察覺雙手下意識使了力，連忙放開。接著艾莉莎也輕輕離開他，有點壞心眼般地開口：

「這樣啊，既然你認真拿出幹勁，也不枉費我回應你的要求了。」

政近轉動脖子仰望後方一看，艾莉莎以一如往常的調調露出得意洋洋的表情。看到公主大人態度穩定下來，政近在安心的同時露出苦笑。

「哎，既然得到艾莉公主的熱情擁抱，我可不能不拿出幹勁喔。」

「不准叫我公主。」

政近消遣般地說完，腦袋隨即挨了一記手刀。一點都不痛的手刀令他加深苦笑，站起來將課桌搬回原位。

「那麼，現在時間正好，今天差不多到此為止吧。」

「也對。」

兩人以若無其事的態度一起離開教室，並肩走在放學後的走廊。

（谷山，我會打倒妳。即使會因而再度害妳受傷……我也要遵守和艾莉的約定。）

昔日以不上不下的決心打倒她，害她傷心落淚的那一幕，至今依然留在內心成為難受的回憶。不過，即使應該會再度看見她哭泣的臉龐……我也不會猶豫，會全力奪取勝利。

然後藉此證明。證明我是……我們是認真的。相信只要這麼做，她被憤怒囚禁的心就會稍微得救。

（話說回來……還真是做了非常害羞的事情耶。）

政近回想起自己剛才的行動，隨著「這又是今後會覺得害臊的回憶」的預感露出而苦笑。

不過，忍不住就做出這種事了。和那個時候……朝著艾莉莎伸出手的那個時候一樣，一時衝動就這麼做了。此時，政近腦中閃過一個想法。

（原來如此……那就是我選擇艾莉的理由嗎？）

政近忽然想起綾乃前幾天的問題，在階梯停下腳步。當時政近回答不知道為什麼。老實說現在也並不是很清楚。

不過……以強大力量推動自己的那股情緒，就是自己選擇艾莉莎的理由。近似強烈保護慾的那份情感，肯定……

（嗯……果然不是戀愛。）

不過，說不定……即使不是戀愛……

「久世同學？」

一邊走一邊想事情的艾莉莎，在下樓到一半的位置朝政近仰望。

然後，從政近背後射入的夕陽，明亮得令她瞇細雙眼。

對於這樣的搭檔，政近露出有點感傷……卻也有點疼愛的笑容，輕聲這麼說：

【Я не уйду.】（我不會離開妳）

直到履行約定的那一天。

「咦？」

左手舉到眼睛上方的艾莉莎聽到政近的呢喃，發出疑惑的聲音。

「不，沒事。」

政近隨口搪塞之後，沿著階梯往下走，再度來到艾莉莎身旁。在這個時候，政近的表情已經完全沒有剛才那張笑容的痕跡。

Иногда Аля внезапно кокетничает по-русски

第8話 理想與現實

討論會當天。政近與艾莉莎來到作為會場的講堂，走向通往舞台側邊的後門時，湊巧撞見討論會的對手。

「啊，兩位好～～」

沙也加只有冷漠點頭致意就立刻進入講堂，她身後的另一名學生以親切態度搭話。

「阿世好久不見～～今天請多指教喔～～啊，這麼說也挺奇怪的。」

「妳也太缺乏緊張感了吧？」

「哎，反正討論會的時候沒我的事啊～～？所以樂得輕鬆。」

正如自己所說以悠哉模樣搖手回應的，是將金髮稍微燙捲綁成披肩單側馬尾的女學生。挑戰極限勉強不會被老師責罵的淡妝，穿成絕佳個人風格的制服。在這所征嶺學園難得一見的這種花俏打扮，就是俗稱「辣妹」的類型。面對至今不曾接觸過的這類人種，艾莉莎僵在原地，此時女學生看向她。

「這是第一次和妳直接交談嗎？妳好～～我是宮前乃乃亞。姑且是沙也親的搭檔～」

「這樣啊……我是九条艾莉莎。一起讓討論會圓滿結束吧。」

「啊哈哈，真是正經耶～感覺妳出乎意料會和沙也親合得來。」

乃乃亞以輕鬆的感覺一笑，說聲「那麼，總之請多指教～」之後便進入講堂。

「剛才那是谷山同學的？該怎麼說……」

「哎，會覺得很不搭吧？畢竟只看外表的話是古板優等生與隨和辣妹。應該說她正如外表是隨和的辣妹。聽說她還活用那種花俏的外貌擔任模特兒。」

「模特兒？這……不是違反校規嗎？」

「唔～好像是她父母所經營品牌的代言人，所以勉強沒問題？」

「話說，我以前看見的時候就很在意，她的頭髮……」

「啊啊，那是天生的哦？聽說她奶奶是美國人。」

「……這樣啊。」

看到艾莉莎即使理解卻還是不太能接受的樣子，政近苦笑說下去。

「她們兩人從小一起長大。別看她們的個性以及給人的感覺截然不同，其實感情很好。」

「啊啊，原來如此……」

「話說在前面，如果以為她們是基於交情而搭檔就大錯特錯哦？和學生會無關，宮前那傢伙本來就在校內金字塔階級的頂點，說到人脈的廣度肯定在校內數一數二。」

「這……確實在選舉是一大威脅。」

「總之，今天不用在意這麼多也沒關係。妳只要專心對抗谷山就好。」

「也對，我知道了。」

看來艾莉莎暫時將乃乃亞的事情挪出腦海，政近輕吐一口氣之後詢問：

「那麼，我們走吧？」

「好的。」

然後，兩人踏入作為決戰場所的講堂。

◇

「唔哇，聚集了不少人耶。沒參加社團活動的學生來了一半以上吧？」

「哎，這是本年度第一場討論會，而且下戰書的是那個谷山同學，接受挑戰的是九条同學……應該非常引人注目吧。」

即使是「考試將近的放學後」這種微妙的時間點，聚集的人數也幾乎將座位坐滿，來到講堂的毅與光瑠傻眼環視周圍。開場十分鐘前就這麼多人，最後或許會有學生站著參加。

「記得谷山是當年和那位千金小姐爭奪會長寶座到最後的女生吧？」

「沒錯沒錯，一年級時被視為下屆會長的大熱門，最後卻輸給周防對吧～」

「谷山在討論會沒輸過吧？我覺得如果那兩人在選舉之前以討論會交手，結果會變得如何就很難說了。」

「我也想過這一點。不過，她當時沒以自己擅長的領域對決，而是光明正大用選舉分出勝負，我覺得很灑脫。」

「不不不，你不是投給周防嗎？」

「這是兩回事。我的意思是說，谷山是可敬的敵手。」

兩人走在講堂尋找相連的兩個空位時，周圍學生的交談聲傳入耳中。從一年級到三年級，各種立場的人各自說著討論會的預測或是對參加者的印象。

「這個議題，你覺得如何？」

「唔～～其實和絕大多數的學生無關，所以不好說……總之她肯定有做好萬全準備吧。」

「那個轉學生怎麼樣？不過，那個女生我不是很熟……」

「我也一樣，只知道她成績很好……說起來她會演講嗎？」

「叫做『久世』的這個學生，是不是在哪裡聽過這個名字？」

「記得周防當會長的時候，副會長就是這個名字？我也不是很清楚。」

「啊啊～～好像有這個人？咦？那他為什麼和那個轉學生在一起？」

聽到的幾乎都是關於沙也加的話題，聊到艾莉莎的人只有少數。至於政近就更不用說了。

「……該怎麼說，是不是已經變成對方的主場了？」

「哎，畢竟以討論會來說，知名度差太多了吧……啊，那邊沒人坐。」

「喔，真的耶。」

在某排中央發現空位之後，毅與光瑠過去坐下。重新看向前方舞台，隔著中央講台的右側是沙也加與乃乃亞，左側坐著艾莉莎與政近。

明明所有人都一樣只是坐在椅子上，視線卻神奇地被沙也加吸引。挺直背脊沉穩閉著雙眼的模樣，甚至洋溢著某種風範。

「真的是升堂入室耶……總覺得打不贏她。應該說無法想像她輸的樣子。」

「真虧政近還能保持鎮靜……不過九条同學沒問題嗎？主講人應該是九条同學吧？」

「總之依照慣例，這種討論會主要是由會長候選人發言，副會長候選人負責輔助。如果老是由副會長候選人發言，會長候選人看起來會像是花瓶吧。即使在討論會獲勝，要是在會長選舉給人的印象扣分就沒意義了。」

「就是說啊……所以沒問題嗎？依照我的印象，九条同學不太擅長說話……尤其是在這麼多人面前演講。」

「說得也是……至少也要能落落大方流利演講，否則勝負只會一面倒吧？」

兩人擔心地注視台上的艾莉莎。艾莉莎看起來沒注意到兩人的視線，就只是坐在椅子上筆直面向前方。定睛注視無人講台的藍色雙眼，看起來毫無迷惘與不安……

（人……這麼多……喉……喉嚨卡卡的……我發得出聲音嗎？）

不過內心緊張得無以復加。

這場討論會攸關自己接下來的選戰，這份壓力當然是原因之一。但是不只如此，在這麼多人面前親口表述自己的意見，這種事對於艾莉莎來說是第一次的經驗。

說起來，艾莉莎雖然堅持自我，卻不會強烈主張自我。因為不對別人抱持任何期待，所以至今也不必特別主張什麼。不以自己的意見影響別人，自己也相對不會被別人的意見影響。這是艾莉莎的基本原則。

不過，現在被要求的是影響他人的力量。以自己的話語拉攏他人的力量。這是艾莉莎至今認為沒必要而割捨的東西。

（做得到嗎？我……只會再度和那時候一樣被拒絕吧……）

回想起幾天前在足球社與棒球社的協調會遭受無情的否定風暴，艾莉莎從指尖逐漸發涼。身體好難受，腿像是麻痺般地失去知覺。腳明明踩著堅硬的舞台，卻像是踩著橡膠。

「艾莉。」

身旁傳來這個聲音，艾莉莎懷著半求救的心態轉頭看去。得以從前方的觀眾移開視線，她內心滿懷感謝。

「……什麼事？」

故作鎮靜發出的聲音是否沒顫抖？艾莉莎沒有自信。視線前方是以嚴肅表情注視她的少年臉龐。在平常應該會覺得可靠，但是現在的艾莉莎甚至會從中感受到壓力。

（久世同學好沉著……我也必須更振作才行。因為我說過由我自己來。不想害得久世同學失望。我要更加沉著，更加冷靜。深……深呼吸吧。只要做個深呼吸……）

艾莉莎試著緩緩吸氣，但是喉嚨與肺不聽話。擅自發抖、打顫，手腳愈來愈冰冷。

「艾莉……」

「久世……同學……」

已經連逞強都做不到了。像是求救般擠出的聲音，顫抖得丟人現眼。明明想哭卻不知為何差點笑出來，腦中一團亂——

「妳真的是E罩杯嗎？」

「……啊？」

突然聽到這個過於古怪的問題，艾莉莎頓時聽不懂政近在說什麼而愣住。不過政近的視線瞥向她的胸口之後，她終於理解現狀。即使反射性地想要遮住胸部，也因為想到這裡是台上而在最後一刻克制下來。

「變……變態……！你在這個狀況說什麼啊！」

艾莉莎好不容易抑制音量責備，政近隨即以正經至極的表情看向觀眾。

「是啊，我也這麼想……在眾目睽睽的這種狀況應該不能亂來……不過呢？我同時察覺一件事。既然不能亂來，那麼也不能打耳光或是逃走了。」

然後政近忽然露出笑容，以莫名柔和的表情轉頭看向艾莉莎。

「我不小心察覺了……咦？那不就可以盡情性騷擾了？這樣。」

「去死吧。」

「咯咯咯……他們應該作夢也沒想到，我們居然在台上進行這麼無恥的對話吧。」

「我也沒想到。」

「咕嘿嘿……這位小姐，今天穿什麼顏色的內褲啊？」

「唔！……唉。」

面對維持正經表情發出下流聲音的搭檔，艾莉莎反射性地想舉起手掌卻努力忍住，發出疲憊至極的嘆息。選這種人搭檔真的沒問題嗎？她開始對自己的判斷感到不安。

「算我求你，稍微有點緊張感啦……」

「喂喂喂，我也有點緊張啊？啊，發現毅與光瑠了。喂～～」

「在哪裡？啊，等一下……！」

政近朝著朋友揮手，艾莉莎抓住他的手腕，強迫他把手放在大腿，然後狠狠瞪向他毫無緊張感的臉。

「欸，說真的別這樣好嗎？這樣很害羞。」

「放心吧，我肯定比妳害羞。」

「那你就給我稍微害羞一下吧。」

「好……好強壯的手……討厭，不要用這麼火熱的眼神看我。我……我好害羞……！」

「……」

「喔，妳這是看垃圾的眼神吧？」

政近老是這副不正經的模樣，艾莉莎粗魯地放開手，默默撇開頭。

「喂～～艾莉小姐～～」

「……」

「什麼嘛，剛才看妳好像很緊張，我只是想幫妳放鬆一下啊？」

「……我並沒有緊張。」

「真的嗎～～？妳的臉還有點僵啊？」

政近注視著冷漠回應的艾莉莎側臉，發出懷疑的聲音。實際上，她的臉頰大致回復血色，不過感覺還在逞強。政近輕輕嘆口氣，以正經語調溫柔搭話：

「不必隱藏緊張的心情。這是第一場學生議會，會緊張是當然的。自己坦承『我很緊張，但是我會拚命表現，所以請各位多多指教』反而剛剛好。」

「……我才不會說那種話。」

「哎，我想也是。」

艾莉莎絕對不會做出這種預先設下防線，疼惜自己的行為。

秉持完美主義的艾莉莎，應該會想要從頭到尾完美突破這一關吧。

「艾莉，看我這裡。」

「……？」

艾莉莎疑惑轉過頭來，政近注視她的雙眼詢問：

「艾莉，妳的敵人是誰？」

「……是谷山同學吧？」

「不對。妳的敵人，是妳理想中那個十全十美的妳自己。對吧？」

聽到政近這段話，艾莉莎雙眼稍微晃動，然後緩緩點頭。

「……也對。達不到自己心目中的理想，或許是我最害怕的事。」

「對吧？換句話說，評價基準是妳自己。而且在講台發言的也只有妳一個人。觀眾始終是觀眾。既然不必回答台下的問題，觀眾再多也沒有關係。沒錯吧？」

「是……嗎？」

「是的。」

看到艾莉莎的視線不安游移，政近刻意說得斬釘截鐵。政近知道，精神狀態愈是不穩定，充滿自信的斷定話語就更有效果。

「妳只要思考如何飾演心目中最帥氣的自己就好。放心吧，必要的話我會全部搞定。」

「……」

艾莉莎像是咀嚼政近的話語般緩緩眨眼，然後以稍微鎮靜的模樣重新面向前方。

就在這個時候，擔任議長的統也從舞台旁邊走過來。

「久世、九条，時間差不多了，沒問題嗎？」

「沒問題。」

政近明確回應之後，將視線朝向身旁的艾莉莎。接著，艾莉莎也靜靜看向統也點頭回應：

「我也沒問題。」

「嗯，好。」

統也確實點頭之後，改往沙也加的方向走去。確認她們也沒問題之後，統也站在舞台左側設置的主持台，朝著麥克風開口：

「時間到，學生議會現在開始。」

聽到統也宣布開會，嘈雜的觀眾逐漸安靜下來。統也等到眾人安靜之後，開始介紹參加者。

「議長是我，學生會長劍崎統也。提議人是一年F班的谷山沙也加，以及一年D班的宮前乃乃亞。」

承受統也的視線，沙也加與乃乃亞起身行禮。觀眾席響起零星掌聲，傳來支持者的激勵。

「反方是學生會會計九条艾莉莎，以及學生會總務久世政近。」

接著，艾莉莎以標準動作，政近有點裝模作樣般地鞠躬。這次也響起零星掌聲，但是數量比剛才少，也沒人激勵。

「議題是『導入參加學生會時的教師審核程序』。那麼提議人，請發表主張。」

「是。」

沙也加以無須麥克風也很響亮的聲音清楚回應，然後起立。她看起來毫不緊張行走在舞台上，途中一度向統也行禮致意，然後落落大方走上講台。同一時間，舞台後方的螢幕大大映出沙也加的身影。

「大家好。感謝各位在百忙之中撥空參與。我這次的提案是『導入參加學生會時的教師審核程序』。坦白說，就是提議學生在加入學生會的時候必須有教師推薦。」

沙也加環視觀眾問候之後，流利述說自己的主張。

「現在，學生幹部是由會長與副會長挑選。然而以實際狀況來看，要說學生只要有意願都會平等獲准加入也不為過。事實上，在國中部與高中部，無論在職時間長短，我向擔任過學生會幹部的所有學生進行了一項問卷調查——」

（……真的假的？她甚至特地準備這種資料嗎？）

在這麼短的期間甚至準備了數據資料，如此周到的準備令政近大感佩服。

（不，這不是谷山做的，是宮前嗎……）

政近以稱讚與苦澀各半的視線看向乃乃亞，當事人不關己事般心不在焉地看著自己的指甲。

看來她真的打算在這場議會徹底袖手旁觀。

「我想各位從這份資料就可以理解，現狀任何人只要自願，都可以成為學生會幹部。不過這種做法可行嗎？征嶺學園擁有優良的傳統與校風，然而代表全體學生的學生會，任何學生無論品行問題再怎麼嚴重，也只要自願就能加入，學生會可以是這樣的組織嗎？」

沙也加不只提供客觀的事實，還加重語氣向觀眾倡導。

「我認為學生會應該只能讓真正獲選的優秀學生加入，各位也這麼認為吧？學生會幹部是各位學生的代表，對於參與社團活動的人來說，有時候是以上司的身分居於高位治理，各位不希望由資質適合的人選擔任嗎？請試想看看，平常成績很差，品行也不好的學生，卻在成為學生會幹部的瞬間位居各位之上啊？成為可以對各位下令，對各位批准各種事項的立場啊？各位不會抗拒嗎？」

沙也加問完之後，政近感覺到「這麼說來確實沒錯……」的氣氛在觀眾席之間擴散。

（了不起，果然高明……）

至今認為「反正我不想加入學生會，所以怎樣都沒差吧」置身事外的學生們，沙也加更改視角，讓他們成為當事人。

如今，學生們的意見傾向於「雖然怎樣都沒差，不過真要選擇的話，還是希望由優秀的人選擔任」這個方向。想必是完全按照沙也加構思的劇本在走吧。

「所以要導入教師的審核程序。具體來說，學生會的入會申請書必須請班導、學年主任，還有訓導老師與校長蓋章。藉由這種形式，學生會就能夠完全以得到老師們背書，真正優秀的學生組成。」

沙也加視線掃向觀眾席，以加強力道的話語做為最後的總結。

「為了實現更加洗練，兼具高尚品格與權威的學生會！請各位投下贊成票！……我的論述到此為止，感謝各位的聆聽。」

沙也加行禮之後，觀眾席響起熱烈掌聲與支持者的歡聲。沙也加舉手回應一遍，然後看向統也授意。統也收到之後拿起麥克風。

「那麼，接下來進入問答階段。反方要問什麼問題嗎？」

統也看向艾莉莎與政近，觀眾的視線也聚集過去。面對沙也加的精彩主張，傳說中的轉學生將如何進攻？在充滿關心與期待的視線之中，艾莉莎靜靜看向統也……默默搖了搖頭。

「呃……沒有嗎？」

統也像是大感意外般地確認，政近搖手要求進行下一個程序。出乎預料的進展，使得學生們之間散發「什麼嘛，無計可施嗎？」的失望氣氛。不過這是政近從一開始就和艾莉莎討論並且決定的事。

身經百戰的沙也加，基本上不會在問答階段被人乘虛而入。要是問得不夠好，只會被完美反擊獲得加分機會。不利的問題乾脆別問比較好。比起發問，不如在聽過對方的主張之後滔滔不絕述說自己的主張，展現從容的一面比較好。兩人是這麼判斷的。

（到目前為止按照計畫進行。）

沙也加的主張也大致符合預料。沒問題。再來就看艾莉莎的表現。

「那麼，準備好了嗎？」

「……好了。」

艾莉莎靜靜回答之後，統也的聲音響遍講堂。

「……那麼，接下來由反方發表主張。」

「是。」

艾莉莎以明明沒有特別拉開嗓門卻神奇響亮的聲音回應，站了起來。

「好，妳就去吧！」

背後傳來政近的激勵，艾莉莎緩緩走向講台。這樣的她引來觀眾深感興趣……而且多一點壞心眼要素的視線。

「（好啦，接下來她要怎麼反敗為勝？）」

「（不不不，她在問答階段說不出半句話的時間點不就死定了嗎？現在這樣已經是谷山勝券在握了吧？）」

「（所以我說過吧？不是周防出馬的話沒勝算的。）」

「（別這麼說，那位「孤傲的公主大人」會進行什麼樣的演講，我們至少聽聽看吧。）」

「（說起來，她能夠好好說明清楚嗎？拜託可不要哭出來啊～～？）」

講堂各處響起侮辱與嘲笑交加的聲音。會場現在的氣氛，與其說是期待艾莉莎將會如何反駁，不如說是傾向於期待那位「孤傲的公主大人」將會以何種形式落敗。

這股討厭的空氣，使得舞台側邊的茅咲柳眉倒豎想要衝上台，卻被瑪利亞拉住手臂制止。看著艾莉莎走向講台的瑪利亞，露出嚴厲、溫柔而且相信妹妹的姊姊眼神。至於當事人艾莉莎……則是完全沒注意到周圍的各種變化，將注意力集中在自己的內心。

（我心目中理想的我……最帥氣的我……）

艾莉莎反芻政近對她說的話，想像自己理想中的模樣。說到帥氣，剛才的沙也加也是落落大方又帥氣。不過，更勝於她的是……

（是的，那個時候……是什麼情形？）

艾莉莎試著回想。在那個時候，比任何人都帥氣的「他」的模樣。那個時候的他……

（啊啊，我想起來了。）

內心的想像定型了。再來只要按照腦中描繪的形象去做就好。

艾莉莎站上講台，視線緩緩掃過觀眾席，然後……她笑了。

◇

艾莉莎站上講台露出笑容的瞬間，造成觀眾席小小的騷動。某些人覺得中了冷箭，某些人純粹吃了一驚，還有某些人……在那張笑容看見某個少年的幻影，睜大雙眼。

「大家好，我是學生會會計九条。關於這次的議案，由我代表學生會擔任反方，請各位多多指教。」

然後，她以有點做作的態度行禮。展現得遊刃有餘，如同稱讚對方的奮戰般地大方無懼。

在場所有人在一瞬間直覺認為，艾莉莎之所以在剛才的問答階段保持沉默，並不是因為「沒能發問」，而是「沒必要發問」。

違背「孤傲的公主大人」這個形象，帶點挑釁的這段問候，改變了觀眾的觀感。

「話說，谷山同學剛才提到，在申請成為學生會幹部的手續加入老師們的審核，可以更加提升學生會的權威。但是我抱持相反意見。我認為加入老師的審核之後，學生會的權威反而會下降。因為這麼做剝奪了學生會的核心人物——會長與副會長擁有的學生會幹部任命權。」

沙也加的主張聽起來極度符合邏輯，艾莉莎卻正面提出反駁，不容分說引起觀眾席學生們的興趣。

「說起來在學生會裡，最吸引學生們羨慕與尊敬的對象，是經由選舉當選的學生會長與副會長。正因為兩人在熾烈的選戰出線贏得這個地位，校方才會賦予許多權限。學生會幹部的任命權可說是其中之最吧。雖然只是一部分，不過可以將這份權限交給老師嗎？這不就像是在說現在的學生會一定要靠著老師的助力，才能維持自身的尊嚴嗎？」

講堂內響起艾莉莎的主張。她凜然美麗的身影使得某些人感嘆吐氣，她落落大方的態度使得某些人佩服出聲。艾莉莎短短數分鐘就大幅改變會場氣氛，但她自己甚至沒注意到這一點。滔滔不絕說出自己的想法。

「這所學校重視學生的自治。賦予學生會強大的裁量權也是這個原因。正因為站在可以自由決定學生會成員的立場，所以學生會長與副會長是特別的職位。學生會幹部的遴選，如果加入老師的審核會怎麼樣呢？會長與副會長將會無法讓自己信賴的學生自由地加入學生會吧。也將無法拒絕老師們背書的幹部加入吧。事實上這是將學生會幹部的任命權交給老師。學生會的實際業務，大多會由老師挑選的幹部執行。這不就脫離征嶺學園學生會原本應有的樣貌嗎？」

政近感覺到，艾莉莎這段熱烈的演說，撼動了原本傾向於支持沙也加意見的觀眾。

（好，她沉穩說出主張了。很完美。）

艾莉莎落落大方的演講表現，使得政近放下心中的大石頭。老實說，超過他的預料。看到艾莉莎上台之前的緊張模樣，還以為會是更生硬一點的感覺……不過現在看來足以抗衡。

（谷山主張只召集老師核可的菁英，比較能提高學生會的地位。艾莉主張正因為以學生投票選出的會長與副會長掌握所有任命權，才得以保住學生會的地位。雙方各有道理……目前看起來的感覺是平分秋色嗎……？）

當政近滿意地守護艾莉莎的背影時，感受到左側傳來犀利視線而轉身看向該處。

位於那裡的是以眼鏡後方的犀利目光瞪向這裡的沙也加。這雙眼睛明顯在問「這是你出的主意嗎？」這個問題。

（妳錯了，谷山。這些……都是艾莉自己的話語。）

這次艾莉莎的主張，政近完全沒出任何主意。政近做的事情只有預測沙也加的主張。艾莉莎的這些主張，是她基於政近的預測而自行建構，百分百屬於艾莉莎所有。

（妳的對手不是我，是艾莉。）

政近懷著這份意念回看沙也加的這時候，艾莉莎的主張發表完畢，開始進行問答階段。沙也加立刻舉手，向艾莉莎發動攻勢。

「妳剛才提到學生會長與副會長掌握學生會幹部的任命權，不過如我剛才所說，實際上這幾年自願加入的學生全部成為幹部。妳對此有什麼想法？」

「只要沒有造成問題就沒關係吧？如果造成問題，學生們發出不滿的聲浪，到時候學生會長再大刀闊斧改革就好。這就是高層人員的責任吧。」

既然是由政近出主意，肯定會在問答階段露出破綻。沙也加大概是這麼認為的，不過艾莉莎毫不動搖。

「聽聞校友會的學長姊們，也有人擔心最近的學生會水準下降。正因如此，所以我認為必須加入老師們的看管，妳覺得呢？」

「這種事才應該由學生會長與副會長兩人決定吧。承認自己實力不足而向老師求助，也算是一種決斷。不過這種事絕對不是由我們來決定。」

反倒是沙也加的態度逐漸不再從容。對手出乎意料難以對付，她的主張愈來愈缺乏邏輯。

（妳的失敗在於看錯對手。妳不正視站在那裡的艾莉，追尋不存在的我的幻影。妳的對手明明從一開始就是艾莉，卻總是注意我……）

政近從一開始就沒要成為沙也加的對手。事前聽完艾莉莎的主張，判斷她足以擔任沙也加的對手，便全權交給她負責。

是的，政近的對手不是沙也加。他應該對付的是……

（好啦，妳會怎麼行動？）

沙也加向艾莉莎提出有失公允的問題時，政近看向她身旁的乃乃亞。至今堅持袖手旁觀的乃乃亞也靜靜回看政近。

然後，乃乃亞像是在為什麼事情道歉般地閉上眼睛致意，將手伸進裙子口袋。

「……？」

……逐漸發生某種變化。

首先出現的是細如蚊鳴的低語。說話聲逐漸擴散到整座講堂內部。只要豎耳聆聽，就可以聽到「轉學生」或是「局外人」之類的隻字片語。同時觀眾席響起聲援沙也加的聲音。

（嘖，居然動用這種手段……暗椿是吧？）

帶風向。正因為乃乃亞在校內人脈超廣，才能進行這種棋盤外部的心理戰。

這所學校有許多上流階級的子女，因此不少學生懷抱菁英主義。超一流企業的社長千金沙也加以及中產階級的轉學生艾莉莎，兩人的印象在這種學生眼中大不相同。只要命令混入觀眾的暗樁刺激這種心態，學生們很可能無視於雙方主張的邏輯性，基於情感層面的認知而投票給沙也加。不過更大的問題在於……

「啊……」

艾莉莎意識到觀眾的存在了。她至今將意識朝向自己藉以保持冷靜，如今卻因為意識到觀眾而失常。

即使從後方看，也看得出她的身體迅速緊繃。

「唔……！」

艾莉莎突然沉默下來，學生們更加嘈雜。她愈是焦急想對此說些什麼，反倒愈是說不出任何話語。

（必須快點說些什麼才行……咦？要說些話……現在是問答時間，快點，說幾句話吧，可是，要說什麼——）

艾莉莎緊張到極限，差點陷入輕微的恐慌狀態時，某人溫柔輕拍她的背。

「妳很努力了。再來交給我吧。」

艾莉莎驚覺般地看向聲音傳來的方向，站在那裡的是比任何人都可靠的少年。

政近站上講台和艾莉莎並肩，笑嘻嘻地拿起麥克風。

「打擾了，雖然正在進行問答，不過接下來請容我接手。出乎意料說得太久，所以妳喉嚨啞掉了嗎？真是的，就是因為平常太少說話才會變成這樣吧？」

然後他看向艾莉莎打趣般地這麼說。突然被消遣的艾莉莎板起臉，觀眾席隨即傳出笑聲。

會場氣氛緩和的這時候，政近決定打出王牌。

（如果可以正常憑著主張的邏輯性取勝，那就是最好的……不過既然妳們動之以情，就容我們也使用相同手段吧。）

可以的話不想這麼做，不過……政近已經和艾莉莎約定了。「必要的話我會全部搞定。」所以……政近決定以笑容摧毀一切。

「呃～～那麼為了我這個喉嚨啞掉的搭檔，我想趕快結束這場討論會……不過說起來，真的需要繼續議論嗎？」

統也。

政近以吊兒郎當的態度突然這麼問，引起觀眾譁然。政近立刻把握機會繼續進攻。

「這種議論，早在一個月前就得出結論了吧？」

什麼意思？觀眾們歪頭不解。政近環視台下之後輕輕舉起右手，指向站在主持台的統也。

「選擇那位劍崎會長擔任會長的時間點……各位的想法就已經底定了吧？」

突然被點名而目瞪口呆的統也，吸引學生們的視線。

「如各位所知，劍崎會長直到一年前都是在班上毫不起眼的劣等生。不對，既然他自己說過了，如今我就明說吧，會長原本是陰角！而且是絕對不可能獲得老師背書的該死陰角！」

「喂～～！」

半笑半不笑的統也像是忍不住般地大喊，觀眾們隨即哄堂大笑。政近立刻乘勝追擊。

「不過，劍崎會長努力成長了。他進入學生會之後拚命努力，提升成績、磨練男子氣概，終於追求到那位『征嶺學園之征母』！這樣的劍崎會長不是也曾經讓各位熱血沸騰嗎？從陰角劣等生搖身變成偉大學生會長的他，各位不是曾經想為他加油嗎？」

加上肢體語言一口氣說到這裡，政近暫時停頓，環視觀眾。然後在學生們視線集中過來的時間點，轉而以平靜態度訴說：

「劍崎會長之所以能成為學生會長，正是因為任何學生只要有熱誠都能成為學生會幹部的這個制度。我再問一次，需要繼續議論嗎？」

政近的這個問題沒得到回答。所有人……甚至連沙也加與乃乃亞都完全沉默。

「啊啊～～唔，感覺突然被學弟消遣，所以我嚇了一跳……不過如果沒有其他問題，接下來要進入最終辯論。請問提議人答應嗎？」

「……」

看見沙也加默默站起來，政近輕推艾莉莎的背，催她回座。

兩人走下講台的時候……突然響起乃乃亞的驚叫聲。

「咦，等等，沙也親？」

聽到這個聲音轉頭一看，沙也加居然朝著舞台側邊跑走。事態完全出乎預料。不只如此，沙也加一瞬間露出的表情……使得政近站在原地無法動彈。艾莉莎代替愣住的政近採取行動。她立刻飛奔向前，追著沙也加消失在舞台側邊。

提議的正方與反方代表都在中途退場。前所未聞的這個事態，使得講堂內變得鬧哄哄的。在所有人不知所措，陷入驚慌情緒的時候，乃乃亞搔著腦袋站起來，快步走向舞台中央。

「對不起，造成你的困擾了。」

她在中途向政近這麼說，然後站上講台舉起雙手。

「好～～我們投降～～」

聽到同樣前所未聞的這句投降宣言，眾人在一瞬間沉默之後，充滿困惑的低語逐漸在講堂擴散。最快重整心情的統也懷著為難的心情發問：

「呃，啊啊～～所以提議人的議案就此否決……這樣可以嗎？」

「啊，可以可以。哎呀～～抱歉我家的沙也加驚動各位了。」

乃乃亞說完鞠躬致意，統也見狀清了清喉嚨宣布：

「那麼，議案否決……學生議會到這裡結束。」

就這樣，學生議會在困惑之中閉幕。

◇

「那就拜託你了，政近同學。」

「嗯，交給我吧，有希。」

看見他們兩人的時候，我覺得是我心目中的理想。

吸引所有人的人品魅力、無與倫比的領袖氣質。從旁扶持的幕後功臣。

懷著全盤的信賴將背後交給對方，憑著無盡的奉獻在背後支撐，彼此合作無間。

啊啊，他們兩人是以任何人都比不上的堅定信賴與深刻情誼結合在一起。贏不了他們也是在所難免。我心懷讚賞、感嘆……以及些許羨慕的同時，願意放棄和他們競爭。

所以，看見那兩人的時候，我覺得遭到背叛。

你為什麼在那裡？我內心憧憬，覺得尊貴無比的那段情誼，原來是假的嗎？憧憬與尊敬轉變為憎恨，想要不擇手段撕裂那兩人，破壞兩人的關係。

可是……當我看見並肩站上講台的那兩人，內心為什麼會發抖？

以前退居搭檔後方的他，如今站在搭檔身旁。表情比以前還要開朗又充滿活力。

身旁的搭檔明明不是她，為什麼露出那種表情？為什麼，我的…………我的心會這麼痛？

◇

「給我……站住！」

艾莉莎衝出講堂，在跑到體育館後方的時候追上沙也加，從後方抓住她的手，逼她停步。

「回講堂吧。居然中途逃走，我不會原諒的！」

沙也加雖然停下腳步卻遲遲不轉身也沒有回應。使得艾莉莎柳眉倒豎。

「給我說話啊——」

然後艾莉莎硬是繞到前方，看見她的臉之後倒抽一口氣。

「妳——」

艾莉莎的聲音因為困惑而失常，沙也加含淚瞪了她一眼，粗魯掙脫她的手。

「為什麼……！為什麼妳要……！」

沙也加任憑激動心情吐出的話語，使得艾莉莎僵在原地。

「久世同學與周防同學明明是獨一無二的搭檔！明明因為是他們兩人，我……！我才會……！甘願放棄啊！為什麼……！」

沙也加怒氣沖天的雙眼淚如雨下，像是吐血般地擠出聲音。艾莉莎近距離承受著憤怒、悲傷與其他各種情感混雜交錯到幾乎飽和的這段吶喊，隱約察覺她真正的想法。

「妳……妳是——」

艾莉莎沒繼續說下去。她一直以為沙也加的言行出自惡意，實際上完全相反，是基於好意才這麼做的。得知這一點的現在，艾莉莎什麼都說不出口。

一直都是這樣。在這種時候，總是說不出貼心的話語。無法打動人心。所以……艾莉莎決定承受一切。至少要代替他承受沙也加的激烈情感。艾莉莎認為這是自己唯一能盡的職責。

「妳如果……有什麼話想對我說，妳就儘管說吧。」

「！」

艾莉莎率直果斷這麼說，沙也加忿恨不平地注視她……然後忽然低頭吐出長長的一口氣，以顫抖的聲音開口：

「我沒有資格說些什麼。」

沙也加再度抬頭時，臉上露出有點空虛，半哭半笑的表情。

「我真的像個笨蛋……擅自相信、憧憬，擅自覺得遭到背叛，亂發脾氣……明明全都是我自以為是。呵，呵……嗚嗚……！」

艾莉莎不懂沙也加的心情。但是她大致感受到，原本的沙也加是非常理性的人。政近不是和有希，而是和艾莉莎搭檔的這件事，對她的打擊就是這麼重吧。甚至使得這樣的她氣到失去理智。

「啊，找到了！」

忽然傳來這個聲音，艾莉莎轉頭一看，乃乃亞繞過體育館轉角接近過來。

「啊～～啊～～哭得這麼慘……對不起哦，九条同學。這裡交給我就可以了。妳可以回去阿世那裡嗎？」

「那個……」

「好啦好啦，可以嗎？拜託啦。」

聽到乃乃亞這麼說，艾莉莎一邊在意沙也加，一邊朝著講堂踏出腳步。但她走了幾步就轉過身來，朝著被乃乃亞摟住肩膀的沙也加開口。

「谷山同學。」

沙也加沒轉過頭來。即使如此，艾莉莎還是不以為意說下去。

「久世同學為什麼選擇我……我也不知道原因。不過，我想回應他的意志。所以……」

沒能順利將想法轉變為話語。甚至不知道對她這麼說是否正確。即使如此，艾莉莎還是盡力將話語傳達給沙也加。

「所以……我會努力。希望在不久的將來，可以獲得妳的認可……我說完了。」

然後，艾莉莎快步離開現場。乃乃亞目送她的背影，感慨低語：

「哎呀……九条同學是個好孩子耶。還以為她是更加冷漠的女生，但是滿不錯的……」

「……我想也是。因為她是久世同學選擇的搭檔。」

沙也加哽咽說完，稍微抬頭詢問：

「……討論會呢？」

「嗯？啊啊，我要求當成我們舉白旗投降了。總之雖然造成不小的騷動，不過感覺阿世與會長應該會巧妙幫忙善後。」

「這樣啊……對不起，也給妳添麻煩了……」

「沒關係沒關係啦～～因為我們是好友。」

乃乃亞隨口說完一笑，取下沙也加的眼鏡，從正面緊抱她。

「而且啊，事到如今還客氣什麼？真是的，沙也親從以前就老是會突然大哭大鬧，所有人都拿妳沒辦法……」

「哪有這種事……」

「不～～就是有喔。也不想想我陪妳發洩情緒多少次了。」

和字面上相反，乃乃亞溫柔撫摸沙也加的背，像是規勸般地開口：

「所以等妳的心情平復下來以後，再去向阿世與九条同學道歉吧。我也會陪同妳一起去。」

「……」

沙也加就這麼默默點頭回應好友的話語。乃乃亞像是安慰般地繼續撫摸她的背。

終章 理由

學生們依照統也與政近的指示，魚貫走出講堂。兩個人影在高一階的位置俯視這幅光景。

「呵，兄長大人還是太天真了。」

設置在觀眾席上方的燈光控制室裡，有希單手拿著紅茶悠然一笑。政近站在講台看著學生們離場，俯視他的有希向後靠在椅背，老神在在般地換腿交疊。

「兄長大人只要有那個心，明明可以立刻結束這場鬧劇……不知道是給搭檔成長的機會，還是因為對手是熟人而放水……」

有希攪拌杯裡的紅茶，以冰冷眼神俯視政近。

「哎，算了……如果是那種程度，終究不是我的敵人。這份天真不久就會招致毀滅吧……妳不這麼認為嗎？」

有希頭也不回地這麼問，在斜後方待命的綾乃稍微歪過腦袋。

「是嗎？不過在下認為政近大人與艾莉莎大人都非常了不起。」

聽到綾乃疑惑的聲音，有希像是壞了心情般地放下茶杯，皺眉轉身。

「綾乃……」

「是，請問有何吩咐？」

「不懂……妳不懂。一場戰鬥結束之後，要無懼一切，老神在在，甚至在眼角加上黑影！無意義地高姿態打分數！這也是營造強敵氣氛的重大要素喔！」

有希一拳捶在椅子扶手如此強調，綾乃率直低頭致意。

「非常抱歉，在下有待學習。」

「真是的，振作一點啦……妳以為我願意接下熱死人的音控與照明工作是為了什麼？」

在照明機器發熱導致悶熱無比的室內，有希不耐煩般地以手掌朝臉蛋搧風。綾乃立刻從口袋取出扇子請主人使用，並且略顯猶豫地開口：

「恕在下冒昧……方便請教一件事嗎？」

「什麼事？」

「您剛才提到要營造強敵氣氛……這應該是最後會輸的人在做的事吧？」

「……」

「還有，在下剛才也提醒過……燈光控制室嚴禁飲食。」

「……」

沿著綾乃的視線，有希低頭看向放在燈光控制面板的茶杯……然後匆忙重新併攏雙腿，慎重拿起茶杯。

「……綾乃。」

「是。」

「……收拾乾淨吧。」

「遵命。」

◇

順利完成善後工作，在人去樓空的講堂裡，政近與艾莉莎並肩坐在觀眾席，眺望空無一人的舞台。

其他學生會成員也先行離開了，講堂顯得空蕩蕩的。經過一小段沉默之後，艾莉莎輕聲開口：

「我想，她原本很尊敬你。」

「……？」

突如其來的這句話，使得政近在內心感到不解，但還是默默等待後續的話語。接著，艾莉莎就這麼看著前方，像是確認般地開口：

「谷山同學對我說了。說你與有希同學是獨一無二的搭檔……她很崇拜你們，所以那時候的她放棄了。」

「啊啊……」

聽到這段話，政近內心的某個疑惑解開了。

他一直覺得沙也加的態度怪怪的。

如同被憤怒與憎恨附身的那種態度，不像是平常理性的她。不過聽艾莉莎這麼一說，政近自己也想到可能的原因……所以非常理解沙也加的心情。

（原來如此，谷山……妳覺得遭到背叛是吧。）

政近一直有個疑問。沙也加為什麼不加入學生會？

如果想成為學生會長，依照原則應該在一年級的階段進入學生會。實際上，沙也加在國中部也是如此。既然她現在反而沒這麼做，即使被認為已經放棄向有希雪恥也不奇怪。

不過……其實正是如此。沙也加承認贏不了有希，主動退出競爭。而且她應該也承認政近的實績，堅信政近會再度和有希搭檔參選。

然而實際上，政近選擇和有希打對台的艾莉莎一起參選。

（這麼一來……她當然無法認同吧。）

我在她眼中是什麼樣子？她是以何種心情認輸，在這份決定被踐踏的時候又是何種心情？

期待與信賴遭到背叛時的錐心之痛，政近也非常清楚。想到這份痛楚是自己造成的，政近差點被罪惡感壓垮。

「我會努力。」

「……？」

聽到艾莉莎這句宣言，咬緊牙關看著下方的政近抬起頭。

「你選擇和我一起參選……我會努力證明這個選擇是對的。希望在不久的將來，可以獲得谷山同學的認同。」

這段真摯的話語，這份積極的想法，令政近羨慕不已。不同於只是被罪惡感壓得低頭的自己，光明正大抬頭努力前進的艾莉莎，對於政近來說耀眼到胸口發疼。

即使如此，政近還是很感謝艾莉莎的想法如此積極。因為他察覺了。現在低著頭也無濟於事。有這種閒工夫的話應該努力前進。

「……說得也是。為了讓谷山能夠接受……我也會好好努力，讓她明年想投票給我們。」

「是啊。」

政近與艾莉莎相視點頭，重新下定決心。

這已經不是只有他們兩人的戰鬥。既然傷害了沙也加，還將她當成墊腳石，就不能允許自己在選戰輸得落花流水。

（結果我再度被那傢伙的淚水推了一把。）

兩年前他也看過沙也加哭泣的臉龐。政近回想起這段往事，露出苦笑。

對於這樣的政近，艾莉莎有點猶豫般地開口：

「……欸，我可以問一件事嗎？」

「嗯？」

政近中斷思考看向艾莉莎，艾莉莎卻只是看著前方露出苦惱表情，遲遲沒說下去。

不過，經過短暫的沉默之後，她終於看向政近發問：

「……為什麼你不是選擇有希同學，而是選擇和我搭檔參選？」

「……」

對於這個問題，政近緩緩眨眼，然後視線忽然朝上。這次是艾莉莎靜靜等待政近開口。

「……當年，我和有希一起帶領學生會……是因為沒能斷然拒絕那傢伙的請求。」

最後輕聲脫口而出的是稱不上回答，如同獨白的話語。

不過，艾莉莎默默聆聽。政近也沒在意她的反應，繼續說明。

「想支援那個傢伙達到目標……這種想法也是原因之一。不過最主要的原因……果然是愧疚吧。」

「愧疚……？」

「……」

聽到這個令人在意的詞，艾莉莎忍不住反問，但是政近就這麼看著前方，完全不多做解釋。

看見政近這副模樣，艾莉莎理解到他正在面對內心的另一面，所以將自己的疑問吞回肚子裡，重新面向前方。

「所以……我總是隱約覺得喘不過氣。相較於身邊為了夢想或目標而拚命努力的人，我的原動力真的很不像話。我總是思考這種自虐的事。」

成為征嶺學園的學生會長。這原本肯定是要交付給政近的課題。

政近把這個課題塞給妹妹了。正因為這種罪惡感，所以政近無法拒絕有希的請求。

正因為這份愧疚，所以做任何事都沒有成就感。

將所有理由與責任塞給妹妹，暗自在背地裡俐落周旋，政近只覺得這樣的自己卑鄙無比。

「說成『暗中的副會長』聽起來也挺帥氣的……不過到頭來，我只是不想站到台前罷了。只是沒有下定決心光明正大挺胸做好副會長的工作，所以堅持躲在幕後。」

政近像是在數落自己的這段發言，緊緊勒住艾莉莎的心。

沒那回事。不必這麼鄙視自己。即使艾莉莎想這麼說，但她對於當時的政近一無所知，感覺不管說什麼都很膚淺。

如果是有希，或許就能安慰他的心。

如果是瑪利亞，或許就能溫柔包覆他的心。

如果是統也，是茅咲，是綾乃……這種想法接連浮現，無力感壓得胸口軋軋作響。

為什麼我會這樣？

為什麼我無法成為別人心靈的避風港？

若是能稍微減輕面前少年內心的負擔，我明明什麼都願意做，但是身體動不了，話語說不出口。

只能默默聽他訴苦。

不知道是否明白艾莉莎的苦惱，政近從看向遠方般的表情，轉為露出有點害臊的表情。

「但是……這次不一樣。」

「……？」

「這次我是以自己的意願決定競選副會長……和妳一起努力。」

艾莉莎至此終於想起自己剛才問的問題。為什麼不是選擇有希，而是選擇我？她察覺政近正在回答這個問題。

「所以，總之……和有希沒什麼好比較的。我是以自己的意願決定和妳搭檔參選……該怎麼說，我是第一次以自己的意願決定這種事，沒什麼好比較的……哎，那個，怎麼說……就是這種感覺。」

政近移開視線搔抓腦袋，說話突然結巴，艾莉莎不禁失笑。

同時，她察覺自己的存在成為政近內心積極向前的助力，喜悅與安心……以及無法言喻的嬌羞情感在內心擴散開來。

「可是我希望這部分可以說得更清楚一點耶？」

全身發癢的幸福感覺使得艾莉莎洋溢笑容，像是惡作劇般地這麼說。政近隨即明顯撇過頭，冷漠回應：

「少煩。我會不好意思啦。妳應該大致明白吧？」

「對不起，我不太清楚。可以說得更淺顯易懂嗎？」

「笑什麼笑，我不會說的。而且啊，妳自己又如何？」

「什麼事？」

艾莉莎露骨露出壞心眼的笑容接近過來，政近連忙反擊。

「妳為什麼答應和我搭檔參選？妳會以淺顯易懂的方式告訴我吧？」

「哎呀，這很簡單喔。」

遭到政近逼不得已地這麼反問，艾莉莎老神在在地露出微笑，理所當然般地斷言。

Потому что это ты.

確實淺顯易懂的這句簡潔回答，使得政近拚命忍著不讓臉頰抽動。

「唔，這是怎樣？」

政近克制慌張心情，勉強擠出來的這句話，艾莉莎大概以為是政近聽到她以俄語回答而做出的反應吧。

艾莉莎露出洋洋得意的笑容，將肩頭的頭髮撥到身後，從座位起身。

「差不多了，我們回去吧。」

「……是是是。」

政近同樣站起來，裝出若無其事的表情用力伸懶腰，以免被艾莉莎察覺他內心的慌張。

（慘了，這可能比谷山的淚水有效得多。）

看來終於非得認真起來了……如此心想的政近，對於自己的單純露出苦笑。

（哎，但是……這樣也不錯吧。）

至少比起昔日只以罪惡感作為原動力行動的狀況好太多了。

政近如此心想，隱約懷著舒暢的心情，跟在走向入口的艾莉莎身後。

「這麼說來……」

「嗯？」

此時，走在前面的艾莉莎忽然停下腳步，掛著冰冷表情轉過身來。

「久世同學……那件事是怎麼回事？」

「『那件事』？」

聽不懂意思的政近歪過腦袋，艾莉莎在稍微臉紅的同時，視線變得嚴厲。

「就是那件事啊……我的胸部大小什麼的……」

「唔！那……那件事啊……」

聽到艾莉莎這麼說，政近想起自己在討論會之前做出的事，視線游移不定。

「啊啊～～沒有啦，那個，我認識的女生之前提到這件事……妳放心，我沒有對別人說，而且那傢伙也只是亂猜的。」

「……」

「慢著，真的只是隨口聊到啦！那個……動畫出現胸部是E罩杯的角色，我說『現實的E罩杯應該沒這麼大吧』，然後那傢伙說，實際上的E罩杯大概是艾莉那麼大……」

笨拙辯解的政近愈說愈小聲，艾莉莎以絕對零度的視線注視他……最後輕哼一聲，重新面向前方。

政近以為勉強得到原諒而鬆一口氣時，傳來一句小小的呢喃：

【勉強猜對。】

政近頓時來不及理解，但是察覺到這句話是在回答討論會前那個問題的瞬間，他一口氣達到混亂的頂點。

（勉強？她說的勉強是哪一種？往上？往下？是偏F的E？還是偏D的E？唔喔喔喔——是哪一種啊？）

艾莉莎突然揭露不能當作沒聽到的這個情報，引爆政近的青春期心態。艾莉莎無視於這樣的政近，耳朵尖端變紅，像是要藏起自己的表情般地快步走出講堂。入口的門響亮關上，鴉雀無聲的寂靜占據室內。

然後——

「是哪一種啊啊啊啊————！」

青春期男生的吶喊，響遍空蕩蕩的講堂。

後記

大約半年沒見，我是燦燦ＳＵＮ。多虧各位的聲援，才能順利像這樣推出第二集了。真的非常謝謝各位。

回想出版第一集的當初，「如果賣不好，就將這段美麗的回憶小心翼翼收藏在內心深處，回到心愛的網路小說連載世界吧。然後在這個世界的一角低調創造短篇，偶爾偷偷拿出收在箱子裡的艾莉同學，回憶當時確實發生過那種事吧」……

雖然曾經冒出上述這種抒情的想法，不過實際一看才發現竟然獲得遠超過預料的迴響。ももこ老師的神插圖以及副總編大人認真起來的執行手腕果然了不起。感覺自己像是等級一的勇者被過度溺愛的國王派遣等級超過九十幾的隊員同行，不過等一下，這是在說什麼？

（思考時間五分十七秒。）

唔，搞不懂自己想表達什麼，總之算了。反正幾乎沒人會認真看後記吧。反過來說，認真看後記的人肯定看得出我想表達什麼。

說到解讀作者的意圖，就會想起學生時代的現代國文考試。在那種題目，作者的意圖明明必須問作者本人才知道，出題者擅自決定的正確答案真的可以稱為正確答案嗎？請全國的每一位國高中生在現代國文課向老師提出這個疑問。老師肯定會露出非常厭煩的表情。說真的，我才想問自己到底在說什麼。寫下這篇文章的意圖？連我自己都不知道喔，懇請全國的每一位現代國文老師解讀我的意圖。

好～～隨便寫些文章之後大致填滿篇幅了。如何？我完全沒提及第二集的內容就成功寫完後記了。

感覺至今依然只透過網路視訊見過面的編輯大人正在遠方扶額，肯定是我想太多了。

那麼最後用謝辭結尾吧。以壓倒性的企劃能力與編輯能力盡心盡力製作與宣傳本書的編輯宮川夏樹大人，再度為本集繪製美妙無比神插圖的ももこ老師，接續第一集畫出更出色漫畫的たぴおか老師，為艾莉配音的上坂すみれ大人，為政近配音的天﨑滉平大人，參與本書製作的所有恩人以及拿起本作品的讀者們，容我致上ＸＬ尺寸的謝意。謝謝大家！

希望還能在第三集見到各位。後會有期。

《遮羞艾莉》
請各位多多支持與指教♡

三角的距離無限趨近零 1~7 待續

Kadokawa Fantastic Novels

作者：岬鷺宮　插畫：Hiten

我愛上的那個女孩體內住著兩個靈魂——
與雙重人格少女譜出的三角戀愛故事。

在跟秋玻與春珂談戀愛的過程中，我變得搞不懂「自己」了。春假期間，她們在旁邊支持我，陪我一起找尋自我。而人格對調時間逐漸縮短的她們同樣到了該面對自己的時候。跟雙重人格少女共度的一年結束，我得知走向終點的「她們」最後的心願——

各 **NT$200~220/HK$67~73**

賢者大叔的異世界生活日記 1~12 待續

Kadokawa Fantastic Novels

作者：寿 安清　插畫：ジョンディー

歌德蘿莉小邪神隆重登場♪
她要展開反攻，向四神報仇雪恨!!

　　在傑羅斯成功地向姊姊莎蘭娜報仇後，有個全裸少女出現在他面前，其真實身分是復活的小邪神「阿爾菲雅・梅加斯」，為了奪回這個世界，她的反攻終於要開始了!!對誘人的歌德蘿莉服非常滿意的小邪神，心裡藏著巨大的野心，就此展開行動!!

各 **NT$220~240/HK$73~80**

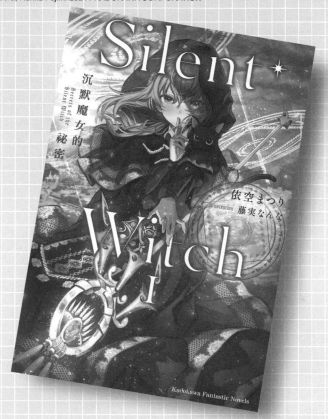

救了想一躍而下的女高中生會發生什麼事？ 1 待續

Kadokawa **Fantastic** Novels

作者：岸馬きらく　插畫：黒なまこ　角色原案、漫畫：らたん

與墜入絕望深淵的女高中生，
共譜暖洋洋的同居生活。

為了維持優待生資格，結城祐介的生活只有讀書和打工。某天心中猛烈興起「想要女朋友」念頭的他，發現有個少女想從大樓屋頂一躍而下。「與其要輕生，不如當我的女朋友吧。」「咦？」在這場奇妙的相遇後，兩人展開了全新的日常與戀愛……

NT$220/HK$73

轉學後班上的清純可愛美少女，
竟是小時候玩在一起的哥兒們 1~2 待續

Kadokawa Fantastic Novels

作者：雲雀湯　插畫：シソ

無法滿足於哥兒們和兒時玩伴的身分，
想和對方靠得更近——

春希變得比以往容易親近，人氣指數直線上升；隼人也結交了男性朋友，因此兩人共度午休的機會越來越少。春希看到隼人和未萌無話不談的模樣，一股既似焦躁又像占有欲的情感在心中油然而生……春心蕩漾的青春戀愛喜劇，第二彈！

各 **NT$220/HK$73**

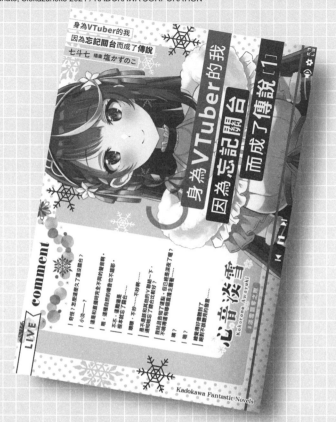

瘋狂廚房 1~2 待續

Kadokawa Fantastic Novels

作者：萩原数馬　插畫：ジョンディー

品嘗新菜單吧！
傳說級廚房喜劇第二幕登場！

明明是洋食店卻端出味噌鯖魚、大蒜餃子、炸豬排蓋飯……面對店長洋二隨性做出來的美食，常客們紛紛被牽扯進一樁樁不尋常的事件。連為了學拿坡里義大利麵而到義大利留學的廚藝學校時代同伴（笨蛋）也來店裡露臉，混沌逐漸加速——！

NT$220/HK$73

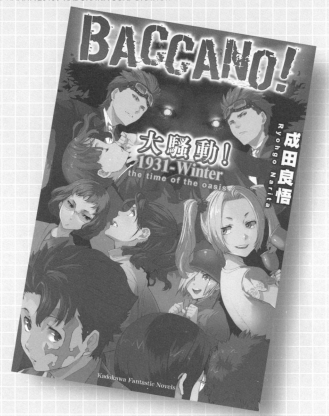

熊熊勇闖異世界 1~16 待續

Kadokawa Fantastic Novels

作者：くまなの　插畫：029

冒險再度展開！
以新組合踏上旅途——

優奈想起以前取得的神祕礦石「熊礦」，為解開它的謎團而與菲娜一起朝矮人之城出發！兩人在精靈村落迎接露依敏的加入，以前所未有的組合踏上旅途。此外，再次與傑德的隊伍重逢後，矮人之城似乎還發生了頗具異世界風情的事件？

各 **NT$230~280/HK$75~93**

國家圖書館出版品預行編目資料

不時輕聲地以俄語遮羞的鄰座艾莉同學/燦燦SUN作；哈泥蛙譯. -- 初版. -- 臺北市：臺灣角川股份有限公司, 2022.04-

冊；　公分. -- (Kadokawa fantastic novels)

譯自：時々ボソッとロシア語でデレる隣のアーリャさん

ISBN 978-626-321-354-8(第1冊：平裝). --

ISBN 978-626-321-599-3(第2冊：平裝)

861.57　　　　111001910

Kadokawa
Fantastic
Novels

不時輕聲地以俄語遮羞的鄰座艾莉同學 2

（原著名：時々ボソッとロシア語でデレる隣のアーリャさん 2）

2022年7月28日 初版第1刷發行
2024年7月16日 初版第8刷發行

作　者：燦燦SUN
插　畫：ももこ
譯　者：哈泥蛙

發 行 人：台灣角川股份有限公司
總　監：呂慧君
總 編 輯：蔡佩芬
主　編：林秀儒
編　輯：黎夢萍
設計指導：陳晞叡
美術設計：吳佳昀
印　務：李明修（主任）、張加恩（主任）、張凱棋、潘尚琪

發 行 所：台灣角川股份有限公司
地　址：104台北市中山區松江路223號3樓
電　話：（02）2515-3000
傳　真：（02）2515-0033
網　址：www.kadokawa.com.tw
劃撥帳戶：台灣角川股份有限公司
劃撥帳號：19487412
法律顧問：有澤法律事務所
製　版：尚騰印刷事業有限公司
ISBN：978-626-321-599-3